新・浪人若さま
新見左近【九】

無念の一太刀

佐々木裕一

双葉文庫

目次

新見左近《にいみさこん》——浪人新見左近を名乗り市中に出るが、その正体は甲府《こうふ》藩主徳川綱豊《とくがわつなとよ》。たびたび市中に繰り出しては、秘剣葵一刀流《あおいいっとうりゅう》でさまざまな悪を成敗しつつ、自由な日々を送っていた。五代将軍綱吉《つなよし》たっての願いで仮の世継ぎとして西ノ丸《にしのまる》に入ってからは平穏な日々を過ごしていたが、京にいるはずのお琴《こと》の身に危難が訪れたことを知り、ふたたび市中へくだる。長き戦いの末、闇将軍を討ち果たす。

お峰《みね》——実家の旗本三島《みしま》家が絶《た》えたため、母方の伯父《おじ》である岩城雪斎《いわきせっさい》の養女となっていた、左近の亡き許嫁《いいなずけ》。妹のお琴の行く末を左近に託す。

お琴《こと》——お峰の妹で、左近の想い人。小間物問屋、中屋《なかや》の京の出店をまかされ江戸を離れていたが、店を焼かれたため江戸に逃れ身を潜《ひそ》めていた。貴船屋《きぶねや》の事件解決後、左近と無事再会を果たし、三島《みしま》町《ちょう》で小間物屋の三島屋《みしまや》を再開している。

権八《ごんぱち》——およねの亭主で、腕のいい大工。女房のおよねともども、お琴について京に行っていた。江戸に戻ってからは大工の棟梁《とうりょう》となり、三島屋裏の鉄瓶長屋《てつびんながや》で暮らしている。

およね——権八の女房で三島屋で働いている。よき理解者として、お琴を支えている。

吉田小五郎《よしだこごろう》——甲州《こうしゅう》忍者を束《たば》ねる頭目《とうもく》で、左近の警固役《けいごやく》。幼《おさな》い頃から左近に仕《つか》え、全幅《ぜんぷく》の信頼を寄せられている。三島町で再開した三島屋の隣で煮売り屋をふたたびはじめ、配下のかえでと共にお琴の身を警固する。

かえで——小五郎配下の甲州忍者。小五郎と共に左近を助け、煮売り屋では小五郎の女房だと称している。

岩城泰徳《いわきやすのり》——お峰とお琴の義理の兄で、本《ほん》所石原町《じょいしわらちょう》にある甲斐無限流《かいむげんりゅう》岩城道場の当主。父雪斎が左近の養父新見正信《にいみまさのぶ》と剣友で、左近とは幼い頃からの親友。妻のお滝《たき》には頭が上がらぬ恐妻家だが、念願の子を授かり、雪松《ゆきまつ》と名づけた。

間部詮房《まなべあきふさ》——左近の養父で甲府藩家老の新見正信が、左近の右腕とするべく見出《みいだ》した俊英《しゅんえい》。左近が絶大な信頼を寄せる、側近中の側近。

雨宮真之丞《あめみやしんのじょう》――お家再興を願い、左近の命を狙うも失敗。境遇を哀《あわ》れんだ左近により甲府藩に召し抱えられ、以降は左近に忠実な家臣となる。

岩倉具家《いわくらともいえ》――京の公家の養子となるも、密《ひそ》かに徳川家光《いえみつ》の血を引いており、将軍になる野望を持っていたが、左近の人物を見込み交誼《こうぎ》を結ぶ。鬼法眼《きほうがん》流《りゅう》の遣《つか》い手《て》で、京でお琴たちを守っていたが、修行の旅を経《へ》て江戸に戻ってきた。市田実清《いちださねきよ》の娘光代《みつよ》を娶《めと》る。

西川東洋《にしかわとうよう》――上野北大門町《うえのきただいもんちょう》に診療所を開く、甲府藩の御用医師。一時、診療所を弟子の木田正才《きだしょうさい》と女中のおたえにまかせ、七軒町《しちけんちょう》に越していたが、ふたたび北大門町に戻り、三人で暮らしている。

篠田山城守政頼《しのだやましろのかみまさより》――左近が西ノ丸に入る際に、綱吉が監視役として送り込んだ附家老《つけがろう》。通称は又兵衛《またべえ》。元は直参《じきさん》旗本で、左近のもとに来るまでは、五年にわたって大目付《おおめつけ》の任に就《つ》いていた。

三宅兵伍《みやけひょうご》――左近が西ノ丸に入ってから又兵衛によってつけられた、近侍《きんじ》四人衆の一人。左近と同年配の、真面目で謹直《きんちょく》な男。

早乙女一蔵《さおとめいちぞう》――左近の近侍四人衆の一人。穏やかな気性だが、念流《ねんりゅう》の優《すぐ》れた技を遣う。

砂川穂積《すながわほづみ》――左近の近侍四人衆の一人。四人の中では最年少だが、気が利く人物で、密偵としての才に恵まれ、深明流《しんめいりゅう》小太刀術《こだちじゅつ》の達人でもある。

望月夢路《もちづきゆめじ》――左近の近侍四人衆の一人。地獄耳の持ち主。左近を敬《うやま》い、忠誠を誓っている。

新井白石《あらいはくせき》――左近を名君に仕立て上げるべく、又兵衛が招聘《しょうへい》を強くすすめた儒学者《じゅがくしゃ》。本所で私塾を開いており、左近も西ノ丸から通っている。

徳川綱吉《とくがわつなよし》――徳川幕府第五代将軍。四代将軍家綱《いえつな》の弟で、甥《おい》の綱豊（左近）との後継争いの末、将軍の座に収まる。だが、自身も世継ぎに恵まれず、その座をめぐり、娘の鶴姫《つるひめ》に暗殺の魔の手が伸びることを恐れ、綱豊に、世間を欺《あざむ》く仮の世継ぎとして、西ノ丸に入ることを命じた。

柳沢保明《やなぎさわやすあき》――綱吉の側近。大変な切れ者で、綱吉の覚えめでたく、老中上座に任ぜられ、権勢を誇《ほこ》っている。

徳《とく》川《がわ》家《いえ》宣《のぶ》

江戸幕府第六代将軍
寛文《かんぶん》二年（一六六二）～正徳《しょうとく》二年（一七一二）

寛文二年（一六六二）四月、四代将軍徳川家綱《いえつな》の弟で、甲府《こうふ》藩主徳川綱重《つなしげ》の子として生まれる。綱重が正室を娶《めと》る前の誕生であったため、家臣新見正信《にいみまさのぶ》のもとで育てられる。

寛文十年（一六七〇）、九歳のときに認知され、綱重の嗣子《しし》となり、元服後、綱豊《つなとよ》と名乗る。延《えん》宝《ぽう》六年（一六七八）の父綱重の逝去《せいきょ》を受け、十七歳で甲府藩主となる。将軍家綱が亡くなった際には、世継ぎとして候補に名があがったが、将軍の座には、叔父《おじ》の綱吉《つなよし》が就《つ》いた。

五代将軍綱吉も、嫡男《ちゃくなん》の早世《そうせい》や、長女鶴姫《つるひめ》の婿《むこ》である紀州《きしゅう》藩主徳川綱教《つなのり》の死去等で世継ぎに恵まれなかったため、宝永《ほうえい》元年（一七〇四）、綱豊が四十三歳のときに養嗣子となり、江戸城西ノ丸《にしのまる》に入り、名も家宣と改める。宝永六年（一七〇九）の綱吉の逝去にともない、四十八歳で第六代将軍に就任する。

将軍就任後は、生類憐《しょうるいあわれ》みの令をはじめとした、前政権で不評だった政策を次々と撤廃《てっぱい》。間部詮《まなべあき》房《ふさ》を側用人《そばようにん》として重用し、新井白石《あらいはくせき》の案を採用するなど、困窮《こんきゅう》にあえぐ庶民のため、政治の刷新をはかり、万民に歓迎される。正徳二年（一七一二）、五十一歳で亡くなったため、治世《ちせい》は三年あまりとごく短いものであったが、徳川将軍十五代の中でも一、二を争う名君であったと評されている。

新・浪人若さま　新見左近【九】

無念の一太刀《ひとたち》

第一話　一目惚《ひとめぼ》れ

一

「いつもありがとうございます。またお越しくださいませ」

店先に出て客を見送るのはお琴《こと》だ。髪には花の飾り彫《ぼ》りが細やかな造りの鼈甲《べっこう》の櫛《くし》と簪《かんざし》を挿《さ》し、瓜実顔《うりざねがお》によく似合う若草色の小袖《こそで》に、同じ色合いの帯を締めている。

「江戸中から客が集まるだけあって、粋《いき》だね、美しいねえ」

感心しながら、店の格子窓《こうしまど》から見ているのは、三島屋《みしまや》の右隣にある菓子問屋、亀甲堂《きっこうどう》に来ていた常連の男だ。

「お待ちどおさま」

あるじの亀六《かめろく》から菓子を受け取ったその常連客は、また来る、と言って暖簾《のれん》を分けたのだが、戸口に立っている男にぶつかりそうになった。

「ごめんよ、ちょいと通しておくんなさい」

常連客が言っても、男はぼうっとして、見向きもしない。

「はいはい、ごめんなさいよ」

亀六が男を引き入れ、客を送り出す。

迷惑そうな顔をした常連客は、男の後ろをすり抜けるように出ていった。

見送った亀六が戻り、目尻に笑い皺《じわ》を浮かべて、男に言う。

「寛一《かんいち》さんいらっしゃい。今日で三度目ですけど、お隣の女将《おかみ》さんを見るのは初めてでしたか」

寛一は、我に返ったような顔をした。

「な、なんだい藪《やぶ》から棒に」

「あはは。だって、惚《ほ》れちまったたって顔に書いてあるもの」、
寛一は頰《ほお》に手をやって顔をほぐした。

「違うよ」

「いいや、違いません。気持ちはわかりますがね寛一さん、お隣の女将さんに手を出したらいけませんよ」

するとも寛一は、残念そうな顔をした。

「なんだ、亭主がいるのか」

「いいえ」

「だったら、どうしていけないんだい」

「亭主はいませんが、いい人はいらっしゃいます。一緒になる気はないみたいですけどね」

「その幸せ者はどこの男だい。まさか、女房がいるんじゃないだろうね」

「さあ、そこまでは知りません」

「なんの商売をしている男だい」

「ご浪人です」

さらりと言われて、寛一は驚いた。

「浪人だって！　なんだい、虫がついているようなもんじゃないか。あんないい女に、もったいない」

「しっ！　まだ表にいなさるかもしれないから、そんな大きな声を出したら聞こえますよ。あ、いないいや」

寛一が亀六を戸口から引き戻した。

「今のは、内緒にしておくれよ」

「頼まれても言いませんよ」

「二本差しの虫がついているんじゃ、どうすることもできないね。おとっつぁんが頼んでいた品はできているかい」

「はいはい、こちらです」

桐箱《きりばこ》の蓋《ふた》を取って見せられた寛一は、色鮮《あざ》やかな茶菓子の数を確かめ、財布を出した。父親が先日求めていた分も入れて銭を渡した寛一は、

「じゃあまた寄らせてもらうよ」

さりげない感じで店を出て、三島屋の前を通って帰った。

しかし、再建したばかりの京橋《きようばし》の店に戻る頃には、お琴のことばかり考えていた。一目惚《ひとめぼ》れしたのである。

寛一が営む紙問屋は、良質の品が評判で繁盛《はんじよう》し、多くの武家からも出入りを許されている。

火事の時は、扱う品が紙だけにきれいさっぱり焼けてしまったが、それだけで潰れるような身代《しんだい》ではなく、正月明けには店の新築を終え、二月から商売を再開していた。

うららかなこの季節、本来なら庭の桜が満開なのだが、火事で焼けてしまい、

今はまだ更地《さらち》だ。

五日後。

昼間から自分の部屋に入ったきりの寛一は、縁側に座し、庭石に置かれた盆栽《ぼんさい》の桜の花を、ぼうと眺《なが》めている。

そんな寛一の背後から父親が来て、顔をのぞき込んだ。

早々と寛一に商売をまかせている父親は、茶道好きが高じて茶人になり、万庵《ばんあん》を名乗っている。

その万庵が、不思議そうな顔をして口にする。

「お前さんが呆《ほう》けるなんざ珍しいじゃないか。この陽気にやられたのかい」

額《ひたい》に手を当てるものだから、寛一はいやそうな顔をした。

「そんなことよりおとっつぁん、また茶碗を買ったそうですね。いくらしたんです」

「まあそう言うな。みんな焼けちまったんだから、しょうがないだろう」

「買うなとは言いませんよ。でもね、一度に五つは買いすぎじゃないですか。合わせていくらしたんです」

「またお前さんは、商人のように金のことばかり言って」

「商人です。おとっつぁんも！」

万庵は舌を出した。

寛一がすかさず突っ込む。

「亀のように首を引っ込めましたね。ははん、さてはおとっつぁん、千両は使いましたね」

「あはは」

「笑ってもだめです！」

万庵は手を打ち鳴らした。

「そうだ。亀で思い出した。お前さん、三島屋のお琴さんに一目惚れしたんだって」

寛一は言葉が出ない。

万庵が探る目をする。

「茶碗が丸ごと入りそうなほど大口を開けるところを見ると、どうやらほんとうのようだね」

慌《あわ》てた寛一は前に出した右手を上下に振る。

「まま、待ってください。誰から聞いたんです」

「亀で思い出したと言っただろう。亀六とは、お前さんより長い付き合いだ。また大きな口を開けて。ほれ」

菓子を放り込まれた寛一は吹き飛ばし、万庵につかみかかった。

「まさかおとっつぁん、余計なことしてないでしょうね」

「は、放せ。親の首を絞《し》める奴があるか。ああ、死ぬかと思った。商人のくせに馬鹿力だねお前さんは。親を刺すような目で見るな。余計なこととはなんだい」

「だから、勝手に話を……」

「進めるものか。こういうのは、外堀から埋めなきゃうまくいかないからね。口が軽い亀六には、奴が欲しがっていた茶釜《ちゃがま》で手を打ったから安心しろ」

胸をなでおろした寛一は、万庵がにやけているのに気づいて訊《き》く。

「おとっつぁん、何を考えているんです」

「お前さんも、わたしと一緒で女を見る目があると思ってね。お前さんのおっかさんも、いい女だった」

「ええ知っていますとも」

同意した寛一は、すぐさま不思議そうな顔を向ける。

「おとっつぁん、もしかして、お琴さんをご存じなのですか」

万庵は、寂しそうな笑みを浮かべた。

「おっかさんが好きだったからね、あそこの品を。三島屋が浅草《あさくさ》の花川戸町《はなかわどちょう》に
あった頃から通っていたんだ」

「それは知りませんでした」

「お前さんが興味を示さなかっただけだろう」

確かにそうだとうなずいた寛一は、万庵に身を乗り出す。

「それじゃ知っているでしょう。お琴さんに取り憑《つ》いた貧乏浪人を」

「ああ、そんなのがいたな」

「どんな男です？」

「さあ、気にもしていなかったから、顔も見ていないね」

「そうですか」

「肩を落とすなよ。亀六から聞いた話じゃ、お琴さんは根っからの商売好きだか
ら、武家の女房になる気はないらしい」

寛一は丸めていた背中を伸ばした。

「ほんとうですか」

「嘘《うそ》を言ってどうする。お琴さんのような人が嫁に来てくれたら、天新堂《てんしんどう》は安泰《あんたい》どころか、もっともっと繁盛する。お前さんがその気なら、おとっつぁんが外堀を埋めるがどうだい」

父親の力を知る寛一は、大いに望みを持って両手をついた。

「頼みます。このとおり」

「よしよし、ではさっそく、邪魔な貧乏浪人をお琴さんから引っぺがそう」

寛一は顔を上げた。

「どうやってです」

「仲がいいお大名に頼んで、貧乏浪人を召し抱えてもらうのさ。お国許《くにもと》へ飛ばしてもらえば、お琴さんとはお別れだ」

「なるほど。で、どこのお大名です」

「江戸からうんと遠くがいいから、九州の日向《ひゅうが》を領する那珂《なか》藩主の、脇本日向《わきもとひゅうが》の守《かみ》様にお頼みしてみよう」

「あの方ですか。商人より締まり屋のお殿様が、浪人を召し抱えますかね。おとっつぁんの頼みを聞くとは思えませんが」

「ふっふっふ。日向守様が欲しがっておられる本阿弥光悦《ほんあみこうえつ》の赤楽《あからく》（楽茶碗《らくちゃわん》）を手に入れたからね、土産《みやげ》に持っていってみるさ」

「そんな高い物まで買っていたんですか」

「目くじらを立てるな。火事で自慢の茶器を多く失われた吉良上野介《きらこうずけのすけ》様を元気づけるために買ったのを、お前さんのために使うんだから」

「そうでしたか。吉良様のために買われた品をわたしのために使うのは、なんだか申しわけない気がします」

「手を離れるまでは、どう使おうとこちらの勝手だ。吉良様より、お前さんの幸せのほうが大事だからね。ここはわたしにまかせて、商売に力を入れとくれ。番頭さんが、お前さんがうわの空だと困っていたよ」

「すみません。今日からは、身を入れます」

頭を下げる寛一の肩をたたいた万庵は、さっそく那珂藩の上屋敷に使いを出した。

二

万庵が麻布《あざぶ》の那珂藩上屋敷に足を運んだのは二日後だ。

那珂藩は三万石。外様《とざま》のため公儀の要職に縁はなく、藩主脇本日向守は、厳し

い藩の財政の立て直しに心血を注いでいる。そのため、家臣たちだけでなく領民からも、

「けち大名」

などと陰口をたたかれている。

脇本は陰口を知っていても、涼しい顔で気にもしない。自ら節約に努め、朝は茶粥《ちゃがゆ》と漬物《つけもの》のみ、昼は食べず、夜は一汁一菜《いちじゅういっさい》という暮らしぶり。

ただ、

「子を産み育てるおなごは、よい物を食べねばならぬ」

常々そう述べ、正妻と側室には十分な食事をとるよう言い、領内で子を産んだおなごには、身分を問わず餅米《もちごめ》を配るなど、厳しいだけではない。

そんなことまでは知らぬ万庵は、

「三度の飯より茶の湯を好まれているが、道具は安物ばかり」

よほど金が好きなのだと、決めつけている。

紙を納《おさ》めているが、公儀に宛《あ》てる物以外は安いのを使うのも知っているほど内情に詳しい万庵は、いつもの座敷に通してくれた小姓《こしょう》に、袖の下を渡すのを忘れない。

少額だが小姓は喜び、万庵に優しく接する。何より、待たせぬよう便宜《べんぎ》を図ってくれるのだ。

そのおかげで、脇本は程なく現れた。

相変わらず痩《や》せ細った身体は、羽織袴《はおりはかま》を着けていても大名らしい威厳は感じられず、上座を入れ替われば、恰幅《かっぷく》がいい万庵のほうがよほど大名らしく見える。

だが、口を開けば雰囲気は一変する。低く通る声で、何用か、と問われた万庵は、平伏《へいふく》していた頭を上げ、ご相談がありまかりこしました」

「本日は日向守様に、ご相談がありまかりこしました」

「そのほうがわしに相談とは、珍しいのう。よし、めったにないことゆえ申してみよ」

「浪人を一人召し抱えていただき、ただちに国許へ遠ざけてもらいとうございます」

「何、浪人を召し抱えろじゃと」

「ほんの、一年ばかりでよいのです」

「わけを申せ」

万庵はかくかくしかじかと、寛一の一目惚れの件を話して聞かせ、脇に置いていた包みを解きながら告げる。

「その虫を、うまく江戸から遠ざけていただいたあかつきには、お礼として、こちらの赤楽をさしあげます」

脇本は目を大きく見開き、差し出された茶碗を注視した。

「おい万庵、まさか、本阿弥光悦の一品か」

「さようでございます」

「見せろ」

すぐさま応じた小姓が茶碗を引き取り、脇本に差し出した。

手に取って確かめた脇本は、小姓が続けて差し出した、光悦作を保証する折紙を見て、ごくりと喉《のど》を鳴らして荒い鼻息をついた。

「さすがは万庵。これほどの物を、よくぞ手に入れたな」

「持っておられた住持《じゅうじ》に頼み込んで、譲っていただきました」

「いくらで手に入れた。いや、聞くまい」

脇本は小姓に茶碗を返し、万庵に穏やかな顔を向けた。

「他ならぬそのほうの頼みじゃ、聞いてやろう。浜兵衛《はまべえ》を呼べ」

小姓が下がり、留守居役《るすいやく》の石崎《いしざき》浜兵衛を連れてきた。

石崎は、これも藩主に倣《なら》って質素な暮らしをしているため痩せており、背が高いだけに、余計に頼りなく見える。

「殿、お呼びでございますか」

穏やかな声音《こわね》の石崎に、脇本は左近を召し抱えるよう命じた。

それでなくても倹約に努めている石崎は、浪人を今すぐ召し抱えてまいれと命じられても、納得せぬ。

脇本より十歳上の四十五歳で、縁者でもある石崎は遠慮がない。

「お言葉ですが殿、たかが茶器欲しさに、どこの馬の骨ともわからぬ浪人を召し抱えるのは、いかがなものかと存じます」

「本阿弥光悦の赤楽を、たかがと申すか」

「土をこねて焼いただけの物にございます」

茶道にまったく興味がない石崎にとっては、その程度の認識なのだ。

押され気味の脇本を見た万庵は、抜かりなく動く。巾着《きんちゃく》から目録《もくろく》を出し、小姓に渡した。

「浪人に出す俸禄《ほうろく》一年分を、天新堂が肩がわりいたしましょう」

目録を見た石崎がうなずく。

「殿、さっそく召し抱えてまいります」

手のひらを返す石崎に、脇本は驚いた。

「よいのか」

「当家の懐《ふところ》は痛まぬうえに、殿がご所望《しょもう》の茶碗が手に入るのですから、逃す手はありませぬ。万庵、浪人の話を聞かせよ」

万庵が知っていることを教えると、石崎はさっそく出かけていった。

見送った脇本が、腕組みをした。

「あれは、わしより吝《しわ》い。万庵は、ようわかっておるようじゃな」

「倅《せがれ》と、天新堂のためですから、金に糸目はつけませぬ。どうぞ、よろしくお願い申し上げます」

「浜兵衛にまかせておけば大丈夫じゃ。しかしながら、そのほうをそこまで本気にさせるとは、よほどのおなごのようじゃ」

「商人にとっては、非の打ちどころがないのです」

「さようか。商人のことはようわからぬが、うまくゆくとよいな」

「おそれいりまする」

万庵は一歩進んだと思い、ほっと息をついた。

脇本が微笑《ほほえ》む。

「せっかくまいったのだ。そのほうの茶を一服、所望したい」

「かしこまりました」

万庵は脇本に続いて茶室に入り、吉報を待った。

三

石崎浜兵衛は、供をするつもりの家来に、

「仕官を断る者などおるまい。すぐに戻るゆえ、家のことをしておれ」

こう述べて残し、一人で藩邸を出ていた。

万庵に教えられた三島屋の前に来たのだが、店の前には、おなごの客が大勢いた。しかも若いおなごばかりで、店の前で立ち止まる石崎を気にする様子もなく、黙然《もくねん》と順番を待っている。

店の中はおなごで混雑し、無理をして入れば身体が触れてしまう。いい歳をしたおやじが来る場所ではない。

だが石崎は、殿のためだと自分に言い聞かせ、武家の身分を前面に出して割って入ろうとして戸口に近づくと、

「順番だよ」

行列の後方から、年増の声がした。

そちらを見た石崎は、待っているおなごたちから刺すような眼差しが向けられているのに気づき、思わず後ずさりした。そして、隣の亀甲堂の看板が目につき、戸口から入った。

「いらっしゃいませ」

声をかけられた石崎は問う。

「おぬしが、あるじか」

「へえ、あるじの亀六にございますが、手前に何か」

「わしは、那珂藩留守居役の石崎だ。殿の命で、隣の三島屋に入り浸《びた》っている新《にい》見左近《みさこん》殿を誘いにまいった。何ゆえか、言わずともわかろう」

すると亀六は、口をあんぐりと開けた。

「まさか、天新堂の……」

「そのまさかだ」

「あれほどよせと言ったのに」

「おぬしの考えはどうでもよい。三島屋に入ろうとしたが入れぬゆえ、人が引くまで待たせてくれ」

「夜になりますが」

「今日は安売りでもしておるのか」

「いいえ、いつもあんな調子です」

「なんじゃと」

石崎は目を見張り、暖簾を分けて三島屋を見た。ちょうど一人客が出てきて、見送りに出た太めの女が頭を下げ、待っていた客を中に促《うなが》した。

石崎が声をかける。

「おい、そこの女」

「あははは」

店の女は客と大笑いをして声に気づかず、中に入ってしまった。

割って入ろうとしたと思われたのか、石崎はまた、待っているおなごたちから睨《にら》まれ、亀甲堂の暖簾に隠れた。

「石崎様、今日新見様は来ておられませんよ」

「では待たせてもらおう」

「うちは構いませんが、いつ来られるかわからないお方ですから、待たれてもお会いになれないかもしれませんよ」

「いつ来るかわからぬなら、夜まで待たせてくれ」

石崎は腰から大刀を抜き、店の上《あ》がり框《かまち》に腰かけた。

表の戸口から入ろうとした若いおなごが、小難しい顔をして座る石崎を見て怯《おび》えた顔になり、亀六が声をかける前に走り去った。

客を逃した亀六は、まいったな、と口の中でつぶやき、鶯色《うぐいすいろ》の菓子をひとつ皿に取った。

「石崎様、お茶を淹《い》れますから、奥でお待ちください」

石崎は不服そうな顔を向ける。

「わしのせいで客が帰ったと申すか」

「いえいえ、今のは店を間違えたのでしょう。ささ、お上がりください」

はっきりそうだと言いたいのを我慢する亀六の誘いに、石崎は素直に従って雪《せっ》駄《た》を脱いだ。

座敷で正座する石崎に茶菓《さか》を出した亀六は、あきらめさせる手を考えて告げる。

「石崎様、新見様は裕福そうでございますし、気ままに暮らしてらっしゃいますから、宮仕《みやづか》えはされないと思いますよ」

石崎は、菓子を食べようとした手を止め、亀六に険しい顔を向ける。

「まさか、悪事を働いてはおるまいな」

「とんでもない。悪人を退治するほうです」

「では、商家の用心棒でもしておるのか」

「そこのところは、三島屋の向こうにある煮売り屋で訊かれたほうが早いかもしれません。ご常連ですから」

「確かに煮売り屋があったな。しかし常連ならば、店の者はいいようにしか申すまい。やはり会《お》うて、この目で確かめる」

菓子を楊枝《ようじ》で切り、半分を口に入れた石崎は、感心したようにうなずく。

「店は暇《ひま》そうじゃが、なかなか旨《うま》いではないか」

一言多いが顔色を変えぬ亀六は、頭を下げた。

「ありがとうございます」

暗くなっても左近は現れず、石崎は五杯目の茶を断った。

「今日はあきらめる。また明日も来るゆえ、よろしく頼む」

「はは」

表まで見送った亀六は、石崎が見えなくなると顔をしかめた。

「明日も来られちゃ迷惑だ。うちは暇じゃないんだよ」

そう吐き捨てて店を閉めた亀六は、着物を一段上等なのに着替えて裏から出かけた。頼母子講《たのもしこう》の寄り合いに顔を出すためだ。


月に一度の頼母子講はうまくまとまり、恒例の宴《うたげ》がはじまった。

酒も入り、皆の声が大きくなったところで座を立った亀六は、口入屋《くちいれや》のあるじ丹波屋《たんばや》十右衛門《じゆうえもん》と話をしているお琴の前に行って、声をかけた。

「お琴さん、一杯注がせておくれ」

膳《ぜん》を挟んで座ると、ほんのり頰を染めているお琴が笑みを浮かべて会釈《えしやく》をした。

酌《しやく》をした亀六は、お琴が飲み干すのを待った。

朱塗《しゆぬ》りの杯《さかずき》に口をつけたお琴は、空にせず膳に置き、返杯《へんぱい》用に置かれている杯を取って、亀六に差し向けた。

受け取った亀六は、銚子《ちょうし》を傾《かたむ》けるお琴に訊く。

「新見様は、次はいつ来られるんだい」

お琴は不思議そうな顔をした。

「亀六さんが気にされるなんて、初めてじゃないかしら」

万庵に口止めされている亀六は、笑ってごまかす。

「近頃ご尊顔《そんがん》を拝《はい》していないと、ふと思ったのさ」

お琴は唇《くちびる》に笑みを浮かべる。

「三日後にいらっしゃいますよ」

「そうかい。それならいいんだ」

亀六の言葉を受け、隣に座っていた十右衛門が割って入った。

「お琴さん、わたしもずいぶん新見様とお話しさせてもらっていないが、お忙しいのかい」

「ええ」

「まあでも、今日のお琴さんの様子を見ていると、相変わらず仲がよろしいようで」

お琴は十右衛門に微笑む。

「顔に出ていますか」

「ああ、出ているとも。いつもより嬉しそうだ。なあみんな」

皆が賛同すると、十右衛門がお琴を指差した。

「赤くなって、可愛らしいね」

「十右衛門さん、からかわないでくださいよ。これはお酒のせいです」

笑った十右衛門が、感心したような顔をした。

「それにしても、近頃は前にも増して、行列ができているね。およねさんと二人じゃ、回せないんじゃないのかい。人を世話しようか」

「ありがとうございます。でも店が狭いから、二人で十分です」

「そうかい。いい娘がいるんだけどなあ」

残念そうにする十右衛門を横目に、亀六が訊く。

「お琴さん、新見様は、普段何をしてらっしゃるんだい」

明るい顔を向けたお琴は、西ノ丸《にしのまる》様だと言うはずもなく、笑って答える。

「いろいろ、忙しくしてらっしゃいます」

亀六はあきらめない。

「いろいろって、なんだい」

「まあまあ亀六さん、もう一杯どうぞ」

教えようとしないお琴に、亀六は酌を受けながら、疑いの目を向けた。

「てっきりわたしは、暇なご浪人だと思っていたよ」

お琴は柔和《にゅうわ》な笑みを浮かべながら酒を注いだ。

ごまかそうとするお琴を心配するあまり、亀六は酒を飲み干して、目を見た。

「好いているのはよくわかった。けどお琴さん、もしも、もしもだ、どこかの大名が新見様に目をつけて仕官に誘ったとする。で、新見様が応じられたら、お前さんどうする」

お琴はきょとんとした。

答えぬお琴に、亀六が身を乗り出す。

「そうなったら、別れるのかい？」

皆が興味を示し、場が静まった。

お琴は周りを見て、困ったような顔で笑みを浮かべた。

亀六が答えを求めると、お琴はきっぱり告げた。

「左近様は、どこにも仕官される気はないようです」

「ほんとうに？」

「ええ」

言い切るお琴に、亀六は身を引いた。

「しつこくしてすまないね。新見様はお武家だから、仕官を望んでらっしゃるんじゃないかと思っていたんだ」

これには十右衛門が口を挟む。

「亀六さん、ひょっとして、いい仕官の口があるのかい。新見様にその気がないんだから、仕官の口があるなら、わたしがいい人を世話するがどうだい」

「いえいえ、訊いてみただけですから、今のは忘れてください。お琴さん、すまなかったね」

亀六は立ち上がり、自分の席に戻った。

なんだ冷やかしか、と同座していた者たちから責められた亀六は、笑ってあやまり、酒を飲んだ。

四

翌日、亀六から話を聞いた石崎は、腕を組んで渋い顔をした。

「ますます怪《あや》しい。まことに、新見殿は善人なのか」

亀六は顔をしかめた。

「よしてくださいよ。善人じゃなきゃ、お琴さんが惚れるはずないですから」

「そのおなごも、騙《だま》されておるやもしれぬではないか。直《じか》に会うて、この目で確かめるまでは信用せぬ。昨夜三日後と申したのなら、十九日だな」

「はいそうです。十九な日に来られるなんて、洒落《しゃれ》たお人ですよ」

本気で感心する亀六に、石崎は興《きょう》ざめしたような笑みを浮かべる。

「ではとく、いや、十九日にまた邪魔をする。茶を馳走《ちそう》になった」

表まで見送りに出た亀六にうなずいた石崎は、足早に帰った。

藩邸に戻り、藩主の居室に行くと、万庵が来ていた。

万庵は柔和な笑みを浮かべて頭を下げる。

「石崎様、お世話になっております。その後、いかがですか」

「新見殿には、明後日《あさって》には会えそうだ。しかし、期待はするな。亀六が三島屋の女将に探りを入れたところ、新見殿は仕官する気がないのがはっきりした」

藩主の脇本日向守が不機嫌な顔を向ける。

「そこを説得して首を縦《たて》に振らせるのが、そのほうの役目であろう」

役目とまで言われて、石崎は頭を下げる。

「殿、新見殿は、まだ善人とわかったわけではございませぬ。この目で確かめ、当家に好ましい者であれば、説得します。ただ……」

「ただ、なんじゃ」

「いえ」

「もったいぶらずにはっきり申せ」

石崎は眉尻《まゆじり》を下げた。

「自由気ままに暮らしておる様子ゆえ、何かと厳しい当家に仕えると言うかどうか、わかりませぬ」

「説得する自信がないのか」

「ご公儀の改鋳《かいちゅう》と大火事のせいで物価が上がった江戸で暮らす者ですから、天新堂が肩がわりすると申しても捨て扶持《すぶち》では、応じないかと」

「武士たるもの、金の話をするな」

茶碗欲しさに、万庵の言いなりになっているくせに、と言いたいのをぐっとこらえた石崎は、口を引き結んだ。

石崎の顔色をうかがう万庵が、ほっほっと笑い、右横に置いていた背負い箱から包みを取り出し、石崎に差し出した。

「ここに、三百両ございます。新見様の支度金として、お使いください」

石崎は目を見張った。

「三百両も出すのか」

「愚息《ぐそく》と、天新堂のためですから。家禄については、石崎様はいかほどならば、よしとされますか」

「そうじゃな、支度金に三百両も出すのだから、年百石といったところか」

「承知しました。お出しします」

神妙な態度の万庵を見て、脇本がうなずく。

「浜兵衛、必ず召し抱えてまいれよ」

石崎は脇本に顔を向けたものの、目を合わせられない。

「それでも断られた時は、いかがいたしましょうか」

「断らせるな。己の命を賭《と》して、必ず連れてまいれ」

「命を賭して、ですか」

ぼそりとこぼす石崎に、脇本がいぶかしそうな顔を向ける。

「今、なんと申した」

「いえ、なんでもございませぬ」

「うんと言わぬか」

「はは。必ずや、連れてまいります」

「それでよい。金を持って下がれ」

応じた石崎は、重い包みを抱えて廊下に出た。

御殿を出て、己の住まいがある侍長屋に戻るべく庭を歩いていたのだが、急な差し込みに襲われ、腹を抱えてうずくまった。

脂汗《あぶらあせ》を浮かべて歯を食いしばっている石崎を見た、隣の部屋に住まう若い藩士が、駆け寄ってくる。

「石崎様、どうされました」

「大事ない。ちと、胃《い》の腑《ふ》が痛いだけじゃ」

「軽いようには見えませぬぞ。医者を呼びましょう」

「よい。大ごとにするな。横になれば、すぐよくなる」

石崎は顔をしかめつつ立ち上がり、そろりと歩みを進めた。

「持ちます」

藩士が三百両も入っているとは知らず包みを持ち、石崎を見た。

「重いですな」

「殿の使い物ゆえ、手荒に扱うでないぞ」

腹を押さえて大きな息を吐いた石崎は、己の部屋に戻り、藩士が敷いてくれた布団で横になった。

包みを枕元に置いた藩士が、心配そうにのぞき込む。

「ほんとうに、医者に診《み》せなくてよろしいのですか」

「こうしておれば治る。世話になった」

「また殿に、無理難題を押しつけられたのですか」

「おい、口を慎《つつし》め。押しつけなどと言うてはならぬ」

ばつが悪そうな顔をする藩士に、石崎は続ける。

「しかし、おぬしが気遣《きづこ》うてくれたおかげで、痛みが和《やわ》らいできた。礼を申すぞ」

「胃の腑に効く薬を持ってまいります」

隣の己の部屋から持ってきて、飲ませてくれた。

つんと鼻を突く臭《にお》いがする丸薬を胃の腑に流し込んだ石崎は、ふと心配になった。

「おぬしも、胃の腑が痛むのか」

「はい。たまにですが」

石崎は、若い藩士の顔を見た。

「殿は時々わがままをおっしゃるが、民を第一に考えられる名君に変わりないのだから、我らはお支えせねばならぬ。火の中に飛び込めと言われたわけではないゆえ、案ずるな」

藩士は笑顔で応じて、役目に戻った。

痛みを和らげるため右向きで横になった石崎は、新見左近をどうやって説得するか考えたのだが、いつの間にか眠ってしまった。

五

店の表に出ていた亀六は、神明前通り《しんめいまえどお》りを歩いてくる新見左近に気づいた。

「あ、お見えになりました」

「どこだ」

訊く石崎に、指差して教える。

「辻灯籠《つじどうろう》の向こうです。藤色の着流しに灰色の帯の、男から見てもいい男ですよ」

石崎は眉をひそめて目を向けていたが、明るい顔をした。

「おお、なかなかよい面構《つらがま》えじゃ。よし、亀六、打ち合わせどおりに頼むぞ」

店に入る石崎を目で追った亀六は、三島屋の裏手に続く路地へ入ろうとした左近を追って声をかけた。

「新見様」

足を止めて顔を向けた左近が、穏やかな笑みを浮かべる。

「亀六か」

「お久しぶりでございます」

左近はうなずく。

「顔を見るのはひと月ぶりだな」

「はい」

「ではまた」

行こうとする左近に、亀六は慌てた。

「ちょちょ、ちょっとお待ちを。お声がけしたのはごあいさつだけじゃなくって、新見様にいいお話があるからです。手前の店まで、おいでください」

「今か」

「はい。さ、行きましょう、行きましょう」

断られる前に引っ張った亀六は、店の前に出ていたおよねに愛想笑《あいそ》いをして、左近を店に連れて戻った。中に入ると、石崎の若い従者が場を譲り、亀六に続く左近を見ている。

帳場がある板の間の上がり框に腰かけていた石崎が立ち上がり、左近に頭を下げた。

亀六は、左近に不思議そうな顔を向けられ、愛想笑いで応じる。

「店ではあれですから、客間へお上がりください。おーい、茶菓を頼むよ」

店の奥から、応じる下女の声がした。

亀六は左近と石崎を案内して、苔《こけ》が自慢の中庭が見える客間へ向かう。

左近の身分を知らぬ亀六は石崎を上座に促し、

「新見様、ご遠慮なさらずお座りください」

下座を示して、己は廊下に正座した。

大刀を右側に置いて正座する左近に、石崎は笑い皺をより深くして目を細め、口を開く。

「拙者、那珂藩江戸留守居役の石崎浜兵衛と申す。新見殿、突然の無礼をお許しくだされ」

頭を下げられた左近から、何ごとかと言いたそうな顔を向けられた亀六は、笑みで応じる。

「新見様にとって、いいお話ですよ」

石崎が頭を上げた。

「新見殿、我があるじ脇本日向守が、是非とも貴殿を召し抱えたいと申しております。徒組《かちぐみ》として、当藩に来ていただけませぬか」

「せっかくのお誘いなれど、お断りいたす」

即答されても、石崎は引かぬ。亀六の横で控えていた従者に、顎《あご》を引く。

応じた従者が左近のそばに行き、黒漆《くろうるし》塗《ぬ》りの箱を置いて下がった。

左近は箱を見つめて黙っている。

石崎が左近に向かって両手をつく。

「支度金の三百両です。殿のお気持ちを、どうかお受けくだされ」

平身低頭《へいしんていとう》して願う姿に亀六は驚いたが、左近は顔色ひとつ変えず、石崎を見ている。

三百両は大金だ。

亀六は、左近がどうするか興味津々《きょうみしんしん》だ。

（お受けされたら今日は禁酒。お断りになれば遊びに行こう）

などと、胸の中で賭《か》けをしながら見ていると、左近が薄い笑みを浮かべた。

「気持ちはお伝えした。では、ごめん」

立ち上がる左近を見た亀六は、勝った、と胸の中で言い、嬉しくなって唇を舐《な》めた。

ところが石崎は、不機嫌な顔を向けた。

「新見殿、お待ちくだされ」

声に応じた従者が立ち上がり、左近の行く手を阻《はば》んで頭を下げる。

振り向く左近に、石崎が厳しい顔で告げる。

「何ゆえ断るのか、理由をお教えくだされ」

「話す義理はない」

素っ気なく応じた左近は、従者に向く。

「通してくれ」

「理由も聞かず帰れば、それがしは殿に切腹を命じられるのです」

亀六は驚いた。

「石崎様、それはほんとうですか」

石崎は険しい顔で顎を引く。

心配した亀六は、左近に訴えた。

「新見様、理由をおっしゃってください」

左近は亀六を見て、次に石崎に向くと、元の場に戻って正座した。

石崎は眉尻を下げ、困り顔をしている。

亀六が固唾《かたず》を呑《の》んで見ていると、左近は石崎の本心を探るような目を向けた。

「何ゆえそこまで、おれを家来にしたいのかお聞かせ願おう」

「殿が、貴殿がよい人物だと耳にされたのです」

石崎の嘘に驚いた亀六は、あんぐりと口を開けた。そこを左近に見られ、慌てて顔を背《そむ》ける。

「亀六、なんだ」

左近に問われた亀六は、顔の前で手をひらひらとやった。

「いえ、なんでもございません」

「そうか」左近は石崎に向く。「藩侯は、この程度のことで重臣である貴殿の命を取られるのか」

石崎は、暗い顔でうなずく。

「お断りになる理由次第です」

「理由など、こちらの勝手であろう。仕える気がない、それだけで十分ではないか」

「それでは、我があるじは納得しませぬ」

「納得せぬから、仕官を断られたくらいで重臣に腹を切らせるのか」

「命がけで貴殿を召し抱えるよう、言いつけられてございます。どうか、受けてくだされ」

石崎は必死の面持《おもも》ちで、ふたたび三百両が入っている箱を差し出し、平身低頭した。

見かねた亀六が、左近に理由を言うよう口を挟もうとしたが、その前に左近が告げた。

「では、帰って藩侯にお伝えくだされ。つまらぬ理由で家来の命を奪うようなあるじに、仕える気にはなれぬと」

石崎が、はっとした顔を上げた。

「新見殿、お待ちくだされ」

立ち上がっていた左近は、見下ろして続ける。

「まことに切腹を命じられた時は、煮売り屋の大将にお伝えくだされ。仕官はせぬが、貴殿を死なせはせぬ」

帰る左近の前に従者が立ちはだかり、怒りの目を向ける。

左近はじっと目を見据《みす》えた。

すると従者は目をそらし、横に足を運んで場を空けた。

左近を見送った亀六が、うな垂れる石崎を心配して客間に入った。

「どうなさいます」

石崎は、顔をしかめた。

「酒をくれ」

「はい、ただ今お持ちします」

台所に行こうとした亀六は、ちょうど茶菓を運んできた下女から折敷《おしき》を受け取り、酒を持ってくるよう言いつけた。

腹立たしげな顔をしている従者の前に行った亀六は、

「まあまあ、そう怒らずに」

茶菓で気分を落ち着けるよう促した。

受け取った従者は、やけ食いのように菓子を口に入れ、茶を飲んで鼻息を荒くする。

「三百両もの支度金を目の前に断るとは、新見という男は、何者なのだ」

「さあ、実は手前も、よく存じ上げないのです」

「浪人であろう」

「そこは間違いないと思うのですが。大工の棟梁《とうりよう》も、気兼ねなく接していますから」

「偉そうに。気に入らん」

従者は左近の菓子を腹立たしそうに見ると、こうしてやるとばかりに齧《かじ》りつき、苦虫《にがむし》を嚙《か》み潰したような顔をした。

下女が持ってきた酒肴《しゆこう》を受け取った亀六は、石崎に酌をした。

「よこせ」

石崎はちろりを奪って従者の前に座り、空の湯呑《ゆの》みになみなみと注ぐと、水を飲むように流し込んだ。

二杯目もがぶ飲みする石崎に、従者が心配そうに口を出す。

「殿、腹痛が治られたばかりですから、そのような飲み方はなされないほうが

「……」

「うるさい」

苛立《いらだ》ちを露《あら》わにした石崎は、ちろりが空になるまで湯呑みに注ぎ、それも一息に飲み干した。

「亀六、もっと持ってこい」

亀六は、廊下で驚いた顔をしている下女にちろりを渡して下がらせ、神妙な態度で訊く。

「石崎様、ほんとうに、切腹などと恐ろしい沙汰《さた》がくだるのですか」

石崎は、血走った目を向けた。

「殿が欲しいのは、あのように偉そうで無礼な浪人などではなく、万庵が持っている楽茶碗だ！」

吐き捨てるように語気を強める石崎に、亀六はため息をついた。

「寛一さんには、困りましたね。お琴さんは確かにいい女ですけど、好いた男を引き離してまで欲しがるなんて、どうかしていますよ」

石崎が下唇を出し、据わった目を向けて指差す。

「おぬしの言うとおりだ。しかしな、お琴なるおなごを手に入れようと躍起《やっき》になっておるのは、寛一ではなく、むしろ万庵のほうだ」

「ええ！　そうなのですか」

「おうよ。これまでおなごに見向きもしなかった馬鹿息子の寛一が、ようやく女房をもらう気になったと喜んでおったからな」

酔いが回るにつれて口が悪くなる石崎は、万庵を罵《ののし》った。

それで気がすむならと思った亀六は、相槌《あいづち》を打ち、聞き上手に徹した。

下女が持ってきた酒を飲んだ石崎が、五杯目を空にしたところで、急に泣きだした。

「わしは、殿のためなら命など惜しくはない。じゃがこたびばかりは、どうにも承服しかねる」

亀六は、気の毒になってきた。

「石崎様、ほんとうに、切腹を命じられるのですか」

「しつこい！　何度も言わせるな！」

石崎は、腹を押さえて顔をしかめた。

それを見た亀六が驚く。

「やっぱりほんとうなんだ。石崎様、このままではいけません。何か手を考えないと」

「うう」

腹を押さえて苦しむ石崎に、亀六が慌てる。

「石崎様、どうされました」

「大事ない」

石崎は顔を歪《ゆが》めて、立ち上がった。

「痛そうです。無理はされないほうがよろしいのでは。今医者を呼びます」

「騒ぐな。少し横になれば治る」

石崎は従者に町駕籠《まちかご》を呼ばせ、藩邸に帰っていった。

表まで見送りに出た亀六は、左近と石崎の両方を心配し、いても立ってもいられなくなってきた。

「番頭さん、ちょいと出かけるよ」

番頭が問う。

「どちらにお出かけです」

「京橋だ。帰りは遅くなるから、あとを頼むよ」

亀六は寛一を説得するべく、手土産も持たず町駕籠を京橋へ走らせた。

天新堂の前で駕籠を降りた亀六は、ちょうど店から出てきた武家の男に場を譲って頭を下げた。

優しそうな男は亀六にうなずき、見送りに出た寛一に対し、品物の納入を急ぐよう告げて帰った。

頭を下げた寛一が、顔を上げて亀六に向く。期待に満ちた表情をされて、亀六は微妙な笑みで応じた。

「あるじ自ら見送りをするとは珍しいね。大口の客かい」

すぐに用件を言わぬ亀六に、寛一は遠くを見るような眼差しをして、そうだと答えた。

外様の大大名《おお》の名を告げられて、亀六は感心する。

「天新堂の身代は、安泰だね」

寛一が痺《しび》れを切らせた。

「それより、どうだったんです」

「ここでいいのかい」

客がひっきりなしに出入りする店先だ。今も店に入ろうとした町人の男女が、あるじの寛一に会釈をした。

「いらっしゃいませ」

商売人の笑顔で迎えた寛一が、亀六を座敷へ促した。

店の奥から廊下に上がり、案内されたのは十畳の客間だ。

向き合って座るなり、寛一は身を乗り出す。

「わざわざ足を運ばれたということは、いい話でしょうね」

亀六は、真顔で首を横に振った。

「うまくいかなかったよ。今日は、あきらめたほうがいいと思って、足を運んだのさ。あの二人は、そっとしておいておやりなさいよ」

途端に、寛一の顔が曇る。そして、怒気《どき》を浮かべた。

「いやだね。何があろうと、わたしはあきらめないよ」

「こればかりは、どうにもならないと思う」

「いやだと言ったらいやだよ」

「まあまあ、子供みたいに言わないで、冷静になろう」

「わたしは冷静ですよ。石崎様の押しが足りないんじゃないですか。亀六さんも、本気で動いてくださいよ」

寛一の態度に腹が立った亀六は、我慢がならなかった。

「お前さんこそ、本気で惚れているなら人に迷惑をかけずに、お琴さんを自分に向かせたらどうだい。新見様が遠くに行かれても、お琴さんの気持ちが離れなきゃ、一緒になんかなれやしないんだから」

寛一は目を見張り、唇を震わせた。亀六の言葉はもっともなため、言い返せないでいる。

苛立って膝《ひざ》を手で打った寛一は、外に顔を向けて腕を組み、怒りの潮《しお》が引くように憮然《ぶぜん》たる面持ちで押し黙り、ため息をついた。

「はい、ごめんなさいよ」

声をかけて襖《ふすま》を開けたのは、万庵だ。

がっくりとうな垂れている寛一をちらと見て横に座り、向き合った亀六に笑みを浮かべる。

「亀六さん、今一度手を貸してくれたら、恩に着るよ」

亀六は困った。

「そう言われてもね……」

万庵がその先を言わせぬように言葉を被《かぶ》せる。

「いい手だと思ったんだが、お大名家への仕官を断るとは、驚きだな」

「それだよ。三百両を目の前にしても、顔色ひとつ変えずきっぱりとお断りされたお姿は、ご立派でしたよ」

万庵は渋い顔をし、左近側に立った言い方をする亀六にじっとりとした目を向ける。

「食うに困っていないのだろう。いったい、どんな暮らしをしているのか、興味が湧《わ》いてきた」

万庵の言葉に、寛一が不安そうな顔を向ける。

「おとっつぁんの悪い癖は、今回ばかりはやめてください」

悪い癖とは、興味を持った者のすべてを知りたがることだ。

長い付き合いの亀六も止めた。

「そうだよ万庵さん。やめたほうがいい」

万庵は微笑んで、寛一に顔を向ける。

「これはお前さんのためだ。それに、興味を持った相手をよく知ることは、商売人にとって悪いことではない」

「でもね、おとっつぁん、相手は腐ってもお武家ですよ。お大名家の方ならばともかく、商人のわたしたちが調べているのを新見様に知られたら、厄介《やっかい》なことになりかねません。何よりお琴さんの耳に入れれば、わたしが嫌われてしまいます」

「耳に入らないようにすればいいだろう」

「だめです。さっき亀六さんに言われて、目がさめたんです。手を回して引き離すような卑怯《ひきょう》な真似《まね》はしないで、堂々と、お琴さんをわたしに向かせてみせますから、もう何もしないでください」

「亀六さん、聞いたか。おなごにとんと興味を示さなかった寛一からこんな言葉を聞けるとは思わなかったよ。長生きはしてみるもんだね」

涙を流す万庵に、亀六は呆《あき》れた。

「まだ五十前で、長生きもないでしょうよ」

「そうだね。孫の顔を見るまでは、死んでたまるもんか。寛一が本気になったから、もう安心だ。亀六さん、世話になったね」

「もういいんですか」

「いいともさ。これに懲《こ》りず、今後も付き合いを頼みますよ」

「こちらこそ、お役に立てなくて申しわけない」

「せっかく来てくれたんだ。今日は、ゆっくりしていっておくれ。寛一、利根善《とねぜん》の料理を届けさせなさい」

亀六は恐縮した。

「いやいや、そんな高級料理なんて……」

「いいから、わたしの気持ちを受けておくれ。一杯やろうじゃないか」

寛一が所帯を持つのに前向きになったことが、よほど嬉しいのだろう。万庵は亀六と酒を酌《く》み交《か》わしながら、孫の顔を見る夢を語った。

すっかりご馳走になった亀六は、

「何かあったら、また言ってください」

こう述べて、夜道を店に帰っていった。

六

「日向守様を忘れるところだった」

三日後、うなされて目をさました万庵は、小細工を止めなければと思い身支度を整えたものの、今日が登城の日だったのを思い出し、一日千秋《いちじつせんしゅう》ならぬ、一刻《いっこく》千秋《せんしゅう》の思いで昼を待つと、藩邸《はいえつ》を訪ねた。

城から戻っていた脇本に拝謁し、平伏して小細工をやめる意向を伝えた。

「というわけでございますから日向守様、三百両はどうか、迷惑料のかわりにお納めください」

脇本は、おもしろくなさそうな顔をして脇息《きょうそく》に身を預け、閉じている扇子《せんす》で肩をたたいた。しばし考えていたが、扇子で膝を打ち、身を乗り出す。

「万庵、そちはようても、わしがようない。新見左近めは、せっかくわしが召し抱えてやる気になったと申すに、きっぱり断りおった。まるで当家をないがしろにするような態度は、気に入らん。そこで、わし自ら出向き、家来にしてくれるわ」

そばに控えていた石崎が慌てた。

「殿が町家にくだられるなどとんでもない。それがしが藩邸に連れてまいりますゆえ、直にお声がけくださいさい。さすれば必ずや、新見殿はこころを動かされ、仕えると言いましょう」

万庵は、もうよろしいです、と言おうとしたが、脇本が先に口を開いた。

「では、すぐに連れてまいれ」

「あの……」

万庵の声など無視して、石崎が応じる。

「はは、縄を打ってでも……」

「馬鹿者、手荒な真似をしてはへそを曲げる。頭を使わぬか頭を」

「ですからあの……」

「はは！　今からまいります！」

万庵の言葉を遮《さえぎ》るように、石崎は大声で応じて出ていった。

「石崎様、石崎様お待ち……ああ、行ってしまわれた」

「万庵案ずるな。新見左近は必ずや、国許へ送ってやる」

きっぱりと断られたことを根に持ち、意地になっているのだと察した万庵は、それならそれでよいかと思いなおし、笑顔で応じた。

「では、お頼み申します」

「うむ」

機嫌を直した脇本の前から辞した万庵は、家に帰り、寛一を部屋に呼んだ。

「おとっつぁん、何か」

「うん。殿様がね、本気で新見様を召し抱える気になられたから、期待して待っていなさい」

寛一は返事をする前に、じっと父の顔を見た。

「な、なんだい。嬉しくないのかい」

「おとっつぁんこそ、暗ぁい顔をしているじゃないですか」

「これはお前、生まれつきだ」

顔をなでて本心をごまかした万庵であるが、寛一は、腕組みをして渋い顔をする。

「なんだか、いやな予感がします」

「いやな予感とは穏やかじゃないな。なんだと言うんだい」

「おとっつぁんが前におっしゃったのを思い出したのですよ。那珂藩の殿様は優しいけれど、馬廻衆《うままわりしゅう》は気性が激しくて、荒武者《あらむしゃ》のようで恐ろしいって。新見様を藩邸に連れていって、大丈夫でしょうか」

万庵は、刺すような目つきの、悪人面《づら》をしている馬廻衆が目に浮かび、ごくりと喉を鳴らした。

「確かにそうだよ。お前さんに言われるまで、すっかり忘れていた。もし新見様が誘いをきっぱり断れば、怒るだろうか」

「その方たちが怒ったら、どうなるんです」

「お武家は体面をもっとも大事にされるからね。いや、ないない」

「そうでしょうか。なんだか、いやな予感しかしなくなってきました」

この寛一の不安は、現実味を帯《お》びてきていた。脇本にその気はなかったが、浪人の分際で誘いを断ったと思い込んでいる重臣たち、特に馬廻衆が集まり、

「留守居役殿は、例の浪人を連れてくるそうだが、殿に恥《はじ》をかかせた時は、屋敷を出さぬ」

「よし、わかった」

「うむ。けしからぬ奴は、思い知らせてやろう」

などと申し合わせ、左近を待ち構えていたのだ。

七

城の行事を終えた左近は、お琴の家でくつろいでいた。

庭では芍薬《しやくやく》の蕾《つぼみ》が膨《ふく》らみはじめ、空には燕《つばめ》のさえずりが聞こえる。

季節が変われども、大火事からの復興はまだまだ途上であり、寺で不自由な暮らしをしている者たちはいる。

政《まつりごと》に口を出す立場にない左近は、およねから権八《ごんぱち》の様子を聞き、町の復興がやや遅れていると知った。金があるところへ材木が流れ、庶民たちが暮らす長屋などはあと回しにされている町があるのだ。

神社仏閣《じんじゃぶつかく》、武家屋敷、大商人の店などは土埃《つちぼこり》を上げて再建築が進むいっぽうで、火の回りを遅くするために、長屋がひしめいていた場所は同じ物を建てるのを禁じられ、深川《ふかがわ》や本所《ほんじょ》、そして渋谷《しぶや》や麻布、青山《あおやま》など、城から離れた場所の田畑を潰して町にするお触れが出た。

そのため、商家の再建を終えた権八は、次は青山に泊まり込み、町家を建てるべく働いているという。

大火事が契機となり、江戸の町はさらに広がっているのだ。

「江戸はそのうち、富士《ふじ》の麓《ふもと》まで広がるんじゃないかって、うちの人が言っていましたよ」

そう教えたおよねは、権八が張り切っているのが嬉しそうだった。

左近は、庶民が一日も早く元の暮らしに戻るのを願いつつ、およねが出してくれていた湯呑みを手にした。

置いているあいだに茶はすっかり冷めてしまっていたが、汗ばんでいる左近にはちょうどよい。

喉を潤《うるお》し、横になってひと眠りしようとした時、庭に気配がした。

「小五郎《こごろう》か」

「はい」

音もなく庭に現れた小五郎が、片膝をつく。

「先日殿がおっしゃっていた石崎浜兵衛が、お目にかかりたいと申して店に居座ってございます」

「居座っておるのか」

「はい。死に直面した時は、煮売り屋の大将に知らせるよう言われたと申して、お目にかかるまで帰らぬ気です」

左近は困った。

「仕官の誘いか」

「用件を問いましても、武家のことゆえ言えぬと申します」

「小五郎を頼ったのは、日向守に切腹を命じられたからであろう。死なせぬと約束したからには、会わぬわけにはゆくまい」

安綱《やすつな》を手に立ち上がった左近は、煮売り屋に向かった。

中に入るなり、石崎は長床几《ながしょうぎ》から離れて左近の前で両手をつき、懇願《こんがん》する。

「頼む新見殿、わしの命を助けてくだされ」

平身低頭された左近は、腕を取って立たせ、長床几に座らせた。向き合って座し、目を見て問う。

「藩侯に、切腹を命じられたのですか」

「何も言わず、それがしと屋敷に来てくだされ。さもなければ、今度こそ切腹を命じられます」

「まだ命じられたわけではないのか」

ぼそりとこぼす左近に、石崎ははっとして、また長床几を離れて平身低頭する。

酒肴を出そうとしていたかえでが頭を踏みそうになり、驚いて下がり、見開いた目を左近に向けた。それだけ、石崎の動きが素早かったのだ。

困った左近は、ふたたび腕を取って立たせようとしたが、石のように動かない。

「このとおり！」

大声で懇願された左近は、かえでに苦笑いを向けた。

かえでも苦笑いで応じ、石崎に声をかける。

「お侍様、新見様がお困りですから、お座りになってお酒をお召し上がりください」

酒と聞いて顔を上げた石崎は、ごくりと喉を鳴らしたものの、かぶりを振る。

「い、いかん。役目を果たすまでは飲めぬ」

「そうおっしゃらずに」小五郎が口を挟んだ。「今日は伊丹《いたみ》の諸白《もろはく》が入りましたから、お口汚しに味見をしてみてください」

「何、諸白じゃと」

「ご存じですか」

「酒好きならば、一度は飲んでみたい代物《しろもの》だ。そうか、伊丹の諸白か」

目を輝かせた石崎は、かえでからぐい呑《の》みを受け取り、なみなみと注がれる酒に舌なめずりをした。

「では、遠慮なく」

一口飲んで目を見張る。

「これは旨い。うはは、初めて飲む味じゃ。新見殿も……あいや、いかん。殿の前に酒臭《くさ》い息で出てはならぬ」

すすめるのをやめた石崎は、自分のぐい呑みを置く。

左近は笑った。

「せっかくの酒ですから、お飲みください。空にされたら、行きましょう」

石崎は目を見開いた。

「まことに、来てくださるか」

「ささ、もう一杯」

左近がちろりを向けると、石崎は喜んで受け、旨そうに飲んだ。

左近はかえでに注ぐよう促し、用を足すと言って店の奥へ行く。

追ってきた小五郎に、声を潜《ひそ》める。

「酒好きだと、どうしてわかったのだ」

「鼻です。鼻頭《はながしら》に細い血筋が何本も浮いている者は、ほとんど酒を好みますから」

「長年商売をしているだけのことはある」

微笑む左近に、小五郎が小声で訊く。

「酔い潰して帰らせようと思い酒を出したのですが、まことに、藩邸に行かれますか」

「うむ。石崎がまことに腹を切らされた時は寝覚めが悪いゆえ、日向守に会うてあきらめさせる」

「承知しました。では、お供をいたします」

呻《うめ》き声がしたので見ると、腹を押さえた石崎が苦しみ、かえでが背中をさすっていた。

「いかがした」

左近が行くと、石崎は顔をしかめつつも、必死に笑みを浮かべた。

「何、たいしたことはござらん。新見殿が藩邸に来てくださるゆえ、この痛みとも明日からおさらばですぞ。言うておるあいだに、楽になり申した。さ、もう一杯」

求められたかえでは心配したが、大丈夫、と笑った石崎は手酌《てじゃく》をして、旨そうに飲んだ。

八

同じ頃、天新堂では、万庵と寛一が左近について話しているところに手代《てだい》が来て、来客を告げた。

来たのは、柳沢保明《やなぎさわやすあき》の側近、江越信房《えごしのぶふさ》だった。将軍家御用達《ごようたし》でもある天新堂の書状用紙を柳沢も好んで使うため、町に出たついでに立ち寄ったのだ。

客間に通したと告げる手代を下がらせた万庵は、寛一と顔を揃《そろ》えてあいさつをした。

江越は薄笑いを浮かべて応じる。

「そうかしこまるな。紙が切れそうなので、急ぎ納めるよう言いに寄っただけだが、手代が上がれとしつこくする」

万庵が眉尻を下げて応じる。

「これは、失礼をいたしました。手代には、大切なお客様はお通しするよう申しつけておりますもので。せっかくお立ち寄りくだされたのですから江越様、茶室にて、一服さしあげとうございます」

茶の腕も一目置かれ、大名家に招かれるほどの万庵に誘われて、江越は断るはずもなく茶室に入った。

万庵は自慢の茶器を使い、江越をもてなした。

茶を点《た》てる手元を見ていた江越が眼差しを上げ、茶室の沈黙を破った。

「ずいぶん機嫌がよさそうだな」

万庵は笑った。

「顔に出ておりましたか」

「うむ」

「実は倅めに、やっと色気が出てきたのでございます」

「ほおう。では、嫁をもらうのか」

「そうなるとますますよいのですが」

「相手は、どこの大店《おおだな》の娘だ。日本橋《にほんばし》の近江屋《おうみや》には、確か年頃の娘がおったが」

「いえいえ、近江屋さんなど、手前のような小商人《こあきんど》には不釣り合いです」

「ここが小商人とは、よう言う」

鼻先で笑う江越に、万庵は三島屋という小間物屋の女将だと教えた。

三島町《みしまちょう》にあると聞いた江越は驚き、差し出された茶碗を取ろうとしていた手を止めて顔を上げた。

「三島屋の女将には、男がおろう」

「おや、江越様はご存じでしたか」

「いや、ようは知らぬ」

ごまかすような口調の江越に、万庵は疑いの目を向ける。

「もしや、女将ではなく新見様のほうをご存じですか」

「知らぬ。それより、男がおる女を好いても、どうにもなるまい」

楽茶碗を取り、口に運ぶ江越の顔をじっと見つめた万庵は、穏やかに目を細める。

「実は、新見様は本日那珂藩の上屋敷に呼ばれ、召し抱えられるのです」

江越は茶を噴き出しそうになり、茶碗を置いた。

「馬鹿な、あり得ぬ。おぬしは、相手の顔を見たのか」

「いいえ。やはり江越様、新見様をご存じなのでは」

江越は目を泳がせ、茶を飲む。

万庵は身を乗り出し、疑う目を向けた。

「江越様、ご存じならばおっしゃってください。新見様は、仕官をお断りになるほど裕福なのですか」

「わしの口からは言えぬ。急ぎ那珂藩の屋敷へ行き、止めたほうが身のためだぞ」

「身のためとは、また物騒な。どうか、お教えください」

「わしは知らん」

茶を飲み干した江越は、無作法に茶碗を置いて立ち上がった。

「わしは帰る」

「江越様、あれ、江越様お待ちを」

止めても聞かず帰ってしまった江越の様子が尋常ではなかったことで、万庵はどうにも不安になった。

「身のためだなんて、気持ちの悪いことをおっしゃる」

そうこぼした万庵は、茶室から出て店に向かった。

寛一が廊下を歩いてきて、万庵に駆け寄る。

「おとっつぁん、江越様が、急いで那珂藩主を止めるようおっしゃいました。どういうことでしょうか」

「お前さんにもおっしゃったのかい。やっぱり江越様は、新見様をご存じのようだね」

「江越様は関わるのをいやがってらっしゃるようでしたが、何者なのでしょうか」

「なんだか胸騒ぎがしてきた。とりあえず那珂藩の屋敷へ行って、日向守様にこのことを話してみるよ。駕籠を呼んでおくれ」

寛一が駕籠を呼ぶあいだに着替えた万庵は、急ぎ那珂藩の屋敷に向かった。

門番に尋ねたところ、左近はまだ来ていなかった。

ひとまず安心した万庵は、脇本の部屋に通され、あいさつもそこそこに言う。

「殿様、先ほど手前は、ご老中柳沢様ご側近の江越様とお目にかかっていたのですが、新見左近様をお殿様が召し抱えられる話をいたしましたら、急に驚かれ……」

そこへ小姓が来て、割って入った。

「殿、御留守居役が新見左近を連れて戻られました」

「おお、来たか。客間に通せ」

「はは」

万庵は焦《あせ》った。

「あの……」

「万庵、案じず吉報を待っておれ」

話を聞かず客間に向かう脇本が心配になった万庵は、こっそりあとに続く。

客間に入った脇本は、藤色の着流し姿で石崎の横に正座している左近を見ても徳川綱豊《とくがわつなとよ》とは気づかず、堂々と上座に正座し、胸を張った。

「そのほうが新見左近か。うむ、話には聞いておったが、なかなかよい面構えをしておる。浜兵衛から話を聞いておろうゆえ、くどくは申さぬ。新見左近、黙ってわしに仕えよ。悪いようにはせぬぞ」

「お断りする」

脇本は眉毛をぴくりとさせた。

焦ったのは石崎だ。

「新見殿、即答はいかん。少しは考えぬか」

あるじ脇本の顔色をうかがいつつ説得する石崎に、左近は顔を向ける。

「案ずるな。そのほうに切腹などさせぬ」

「そ、そのほうじゃと、この」

石崎が憤慨した面持ちをしたものの、腹を押さえて顔をしかめた。

脇本が声をかける。

「新見左近、堂々としたその態度、わしはますます気に入ったぞ。どうだ、百石、いや、二百石与える。わしの家来になれ」

左近は脇本に顔を向けた。

脇本は、それでも首を縦に振らぬ左近に身を乗り出し、顔をまじまじと見た。

そして、首をかしげる。

「そのほうとは、どこぞで会うた気がするが思い出せぬ。どうじゃ、そのほうは覚えておるか」

左近はじっと目を見つめ返した。

「今日の朝、会うたばかりであるぞ」

笑ってみせてもまだ気づかぬ脇本は眉間《みけん》に皺を寄せて、胸の前で腕を組んだ。

「今日は城と屋敷の往復をしたのみじゃが、はて、どこで会うたか。いや、覚えておらぬな」

「そうか。そなたは白書院《しろしょいん》では平伏してばかりおったゆえ、覚えておらぬか。もう一度、余《よ》の顔をよう見てみよ」

「余、じゃと」

突然目の前が開けたような顔をした脇本は、大きな目を見開き、口をあんぐりと開けて立ち上がったかと思えば、慌てて左近より下座に走り、平伏した。

「西ノ丸様！　とんだご無礼をいたしました！」

詫《わ》びる脇本の大声に、廊下で様子をうかがっていた万庵は愕然《がくぜん》とし、客間に入ってきた。

気づいた左近が、明るい表情で言う。

「おお、万庵、そなたも来ていたのか」

左近は、又兵衛《またべえ》こと篠田山城守政頼《しのだやましろのかみまさより》の紹介で二度ほど、西ノ丸で万庵の茶を飲んだことがあるのだ。

左近が市中を出歩いているのを知らなかった万庵は、背中を丸めて脇本よりずっと下座に歩んで正座し、平伏した。

「西ノ丸様が新見左近様とは存じ上げなかったとはいえ、とんだご無礼をいたしました。こたびのことは、すべてこの万庵が悪いのでございます。このような仕《し》儀《ぎ》となったわけを、すべてお話しします」

万庵はすべてを打ち明け、改めて平身低頭して許しを乞《こ》うた。

左近が脇本を見る。

「寛一のために、余を江戸から追い払おうとしたのか」

「浪人とばかり思うておりました!」

脇本は必死に言い、また平伏する。

左近が続けて石崎に顔を向けると、真っ青な顔をして廊下まで下がった。

「ご無礼の段、平にご容赦《ようしゃ》を!」

左近は呆れて、ため息をついた。

「三人とも、そう恐れず面《おもて》を上げよ。余のことを、他の者に黙っておいてくれればそれでよい。万庵、お琴については、申すまでもあるまい」

「はは！」

大声で承諾したのは脇本だ。

平あやまりする三人に笑った左近は、帰ると告げて立ち上がり、部屋を出る。

廊下で震えている石崎には、表門まで見送りを命じた。

応じてあとに続く石崎に、左近は足を止めて小声で告げる。

「血の気の多い家来たちを抑《おさ》えてくれ」

石崎は裏返った声で返事をし、左近を案内するのだが、腹が痛むのか、苦しそうな顔をする。

馬廻衆たちは、帰る左近に厳しい目を向けてきたが、石崎と、あるじの脇本まで左近に丁重《ていちょう》に接しているのを見て、不思議そうな顔をしている。

何ごともなく、無事に表門から出た左近は、先に立って見送りに出た脇本に告げる。

「石崎は胃の腑の具合が悪いようだ。早いうちに医者に診せてやれ」

すると脇本は、困った顔をした。

「前から酒を控えるよう告げても、言うことを聞かぬのです」

「石崎」

「はは」

左近に呼ばれて、石崎は一歩近づいて頭を下げた。

左近は面を上げさせ、厳しい顔をした。

「酒は、煮売り屋に来た時だけにいたせ。よいな」

左近が来るとわかっては二度と行けるはずもない石崎は、実質禁酒を命じられたも同然。

がっくりとうな垂れる石崎に左近は笑い、藩邸をあとにした。

脇本からこっぴどく叱《しか》られた万庵は、お詫びのしるしに本阿弥光悦の茶碗を渡すと言って機嫌を取り、やっと店に帰れたのは夜も更《ふ》けてからだった。

待っていた寛一を部屋に呼び、親子で向き合う。

「おい、寛一、お前さん、店を守る気はあるのかい」

「なんです藪から棒に。当たり前じゃないですか」

「言ったな」

「言いました」

「よしよし、それじゃあな、お琴さんのことはきっぱりとあきらめろ」

「どうしてです」

「どうしてもこうしてもない。お琴さんを嫁にすれば店が繁盛するどころか、潰されてしまうんだ」

「おとっつぁん、お屋敷で何があったのです。やっぱり新見様は、ただ者じゃなかったのですか」

「訊くな。とにかくあきらめろ」

「わけを言ってくれなきゃいやです」

「店が潰されるほどに、危ないお相手だということだ。いいな、金輪際《こんりんざい》、お前さんは亀六の店にも行くな。お琴さんのことは、考えただけで罰《ばち》が当たると思え」

「罰って、どういうことです」

「そういうことなんだ」

「新見様は、それほどの大物ということですね。いったい、何者ですか」

「いいから、知ろうとするな。店を守ると言ったんだから、きっぱり忘れろ。そのかわり、お琴さんよりいい人をおとっつぁんが必ず見つけてやる。いいね、二度と近づいたらいけないよ」

寛一は万庵の必死さに、左近がよほどの人物と察して肩を落とした。

「わかりました。おとっつぁんの言うとおりにします」

「ああよかった。これで、店は安泰だ」

寛一の一目惚れ騒動は落着したと考えていた左近であるが、そうはいかなかった。西ノ丸に戻ったその日に、綱吉《つなよし》に呼び出されたのだ。

中奥御殿《なかおく》の居室で向き合う左近に、綱吉は真面目な顔で告げる。

「日向守から、仕官の誘いがあったそうじゃな」

耳が早い綱吉に左近が苦笑いをしていると、綱吉は真剣な目を向ける。

「おなごのことに口出しはしとうないが、三島屋のお琴を、側室として西ノ丸に入れよ」

思いもしない言葉に、左近は返答に困った。

「以前は望んでおりましたが、今はもう、あきらめてございます」

考えた末に出した返答に、綱吉は真顔で応じる。

「西ノ丸ともあろう者が、おなご一人思うようにできずしてどうする」

「おっしゃるとおり、面目次第もございませぬ」

「そばに置けぬなら、こたびのような間違いが二度とないよう、せめて人目につかぬようにいたせ。悪事をたくらむ者に知られれば、そなたの弱みにもなる。よいな」

「ご容赦を」

頭を下げる左近に、綱吉は不機嫌な顔をしたが、それ以上は言わず下がらせた。

左近が座敷を出ると、待っていたように別の襖が開けられ、柳沢が入ってきた。

綱吉の前に正座した柳沢は、左近が去った廊下を一瞥《いちべつ》して口を開く。

「このままでは上様がおっしゃるとおり、災《わざわ》いのもとになりかねませぬ。町のおなごに懸想《けそう》しておられるのが諸大名に広まれば、やはり上様は、鶴姫《つるひめ》様の婿《むこ》殿に世継ぎを考えておられるはずと、察する者が出ましょう」

「それだけはあってはならぬ。日向守の口止めをいたせ」

「はは。おなごは、いかがいたしますか」

「下手《へた》に手出しをして綱豊を怒らせとうない。放っておけ」

この言葉を受けた柳沢は、身を乗り出した。

「それがしに、よい考えがございます」

「西ノ丸には、綱豊様のおそばに仕えるおなごがおりませぬ。上様の名の下《もと》に、送り込んではいかがでしょうか」

「何をする気じゃ」

綱吉は薄い笑みを浮かべた。

「町のおなごから、目をそらす策か」

「御意《ぎょい》」

「綱豊は一途《いちず》じゃ。難しいぞ」

「近頃綱豊様は、医者の娘と時々話をしておられるご様子ゆえ、素性《すじょう》を調べてみます」

「ほう、そのようなおなごがおるのか」

「器量もよいと聞いております」

「うむ。よきに計らえ」

「はは」

寛一がお琴に一目惚れしたのが思わぬ方向に進み、柳沢は、太田宗庵《おおたそうあん》の娘おこいんを、西ノ丸に入れるよう動きはじめる。

まさかこのようなことになろうとは考えてもいなかった左近は、万庵親子の幸せと、石崎の身体を案じつつ、うららかな空の下で咲く花を眺めながら西ノ丸に帰っていった。

第二話　冷血と慈悲《じひ》

一

江戸は毎日うだるような暑さが続き、大火からの復興に励《はげ》む人々の熱気と重なったせいか、通りに積まれていた黒瓦《くろがわら》のてっぺんが、もやもやと揺らめいている。

久しぶりに鍛冶橋御門《かじばしごもん》から市中に出た左近の目の前を、木材を山積みした荷車が横切っていく。

藍染《あいぞめ》の着物を汗染みで色濃くさせ、しかめっ面《つら》で荷車を押す人足《にんそく》たちの声が左近に届き、曲輪内《くるわうち》で再建が続いている大名の屋敷に使う上等の木材だとわかった。

京橋から新橋《しんばし》までの町は火事の前に近いほど人が戻り、商家も活気に満ちている。

民の明るい顔に喜びを感じつつ通りを歩んだ左近は、三島町に入り、お琴の店に向かった。相変わらず行列ができているのだろうと思ったが、今日は暑いせいか、並ぶ客の姿はなかった。軒先《のきさき》の日陰に立っているおなごの後ろ姿は、お琴だと思い、路地に入らずそちらに向かった。

白地に赤や青の草花を入れた菊松《きくまつ》模様の小袖《こそで》に、目に涼しい色合いの帯を結んでいるお琴に声をかけようとした時、肩越しに人が見えた。誰かと話をしていたのだ。

お琴が向き合っていたのは、晴れた空にも似た色合いの小袖を着ているおこんだった。

左近はお琴が驚かぬよう、二人の横に回った。

先に気づいたおこんが、あっ、と言わんばかりの顔をして、ぺこりと頭を下げた。

左近は不思議に思った。

「二人とも、暗い顔をしていかがした」

お琴が顔を向けて、眉尻《まゆじり》を下げた。

「おこんちゃんが、もう店に来られなくなるかもしれないそうなのです」

左近はおこんを見た。

「何ゆえだ」

おこんは下を向いて黙っている。

お琴がちらとおこんを見て、左近に告げる。

「詳しいことは、まだ言えないそうです」

「そうじゃなくて、まだはっきりしたことがわからないんです」

訂正したおこんは、目に涙を溜《た》めて唇《くちびる》を一文字に引き結び、いつもの明るさはない。

左近はその様子が気になり、問わずにはいられない。

「どこか遠くに引っ越すのか」

おこんはかぶりを振り、潤《うる》んだ目を向けてきた。

「江戸からは出ません。けど、わたしにとっては、町からうんと遠い場所です」

左近はお琴を見た。

お琴が驚いた様子でおこんに訊《き》く。

「まさか、お武家での行儀見習いが決まったの」

黙って首を縦《たて》に振るおこんに、お琴が続ける。

「どこのお家でご奉公するの」

「父と母は知っているようですけど、訊いても教えてくれません」

「そう。どうしてかしら」

「さあ。でも二人とも、なんだかそわそわして落ち着きがないんです」

お琴が問う。

「いつから行くの」

「早くて来年だそうです。もうここに来られなくなると思うと、寂しくて……」

声を詰まらせたおこんは、両手で顔を隠した。

お琴が両肩に手を差し伸べて抱き寄せ、背中をさすってやりながらなだめた。

「ずっとお屋敷から出られないことはないんだから、気を落とさないで」

「でも母が、奉公が終わるまでは自由に町へ出られなくなるから、それまでは、お琴さんの店に好きな時に行っていいって言うんです。どれくらい奉公するのかって訊いたら、父と母は二人とも顔を見合わせて、まだわからないとも言うんです。そんなの、あると思いますか」

問う顔で見つめられた左近は困った。どの家かもわからないのなら、答えようがないからだ。

「行きたくないのか」

左近が問い返すと、おこんは不服そうな面持《おもも》ちをした。

「行きたくないと言っても、親は許してくれません」

「さようか」

親が決めたことに逆らえとは言えぬ左近は、辛抱《しんぼう》するよう言おうとしたのだが、おこんが先に口を開いた。

「どうせ行くなら、左近様のお屋敷がいいと思っていましたから、不安なのです」

お琴が左近を見てきた。どうにかならないのか、という顔をされて、左近は苦笑いをする。

おこんが感情を露《あら》わに頬《ほお》を膨《ふく》らませ、左近とお琴に訴える。

「そもそも、わたしは父の手伝いがしたいんです。それなのに母ときたら、弟がいるから、お前はいずれ出ていく身だって、邪魔者のように言うんです」

あの母親なら言いかねないと思った左近であるが、

「厳しくするのは、おこんに幸せになってほしいからだ」

言って聞かせると、おこんは口を尖《とが》らせ、不服そうだ。

「そうでしょうか」

お琴が背中をさすってやり、おこんの不安な気持ちに寄り添った。

元武家だけに、不自由さを知るお琴は、軽々しく大丈夫とは口にしない。逃れられぬ定めならば、黙って話を聞いてやり、おこんの気持ちが少しでも楽になるようにしているのが、左近にも見て取れた。

「どうだおこん、甘い物でも食べに行くか」

左近が誘うと、おこんは眉尻を下げ、残念そうに首を横に振る。

「もう帰らないといけないんです」

「そうか。では、次に会《お》うた時は、三人で行こう」

やっと笑顔を見せたおこんは、話を聞いてもらえて気分が楽になったとお琴に頭を下げ、左近にも頭を下げて背中を向けて行く。

「またいつでもいらっしゃい」

お琴が声をかけると、おこんは振り向いて手を振り、小走りで帰っていった。

「いつもの笑顔を見せてくれたな」

「胸の内は、不安でいっぱいなはずなのに」

おこんの後ろ姿を見つめるお琴の横顔には、憂《うれ》いが浮かんでいる。

お琴を側室にするよう告げた綱吉の言葉が浮かんだ左近であるが、武家に対するお琴の心情を察して、口には出さなかった。

「よう」

声をかけられてそちらを見ると、岩城泰徳《いわきやすのり》だった。

泰徳は、侍を二人連れていた。一人は奥田孫太夫《おくだまごだゆう》、もう一人は、左近が知らぬ三十代の男だ。

左近が孫太夫と会釈《えしやく》を交《か》わしていると、泰徳が教えた。

「こちらは、赤穂藩馬廻役《あこうはんうままわりやく》の堀部安兵衛《ほりべやすべえ》殿だ」

左近は先に頭を下げる。

「新見左近です。お噂《うわさ》は聞いて……」

「そこもとが新見左近殿か」

安兵衛はせっかちそうに口を開き、破顔一笑《はがんいつしよう》して頭を下げた。

「今日はお揃《そろ》いでいかがされた」

問う左近に、安兵衛が答える。

「堀内《ほりうち》道場へ稽古《けいこ》に行った帰りに、旨《うま》い煮売り屋があると誘われて来たのです」

「そうですか」

左近と泰徳が知り合いだと知っていた孫太夫は、久々の再会を喜び、一緒にどうですかと誘った。

泰徳がお琴を妹だと紹介すると、孫太夫と安兵衛は驚いた。

安兵衛が泰徳とお琴を見くらべて言う。

「兄妹とは思えぬほど、お美しい」

「おい、どういう意味だ」

泰徳が小突いた。二人は仲がいいのだ。

お琴はあいさつもそこそこに、客の女から声をかけられ、店の中に戻った。

左近は三人と小五郎の店に入り、四人で顔を合わせて長床几《ながしようぎ》に腰かけた。

安兵衛は、左近が帯から抜いて横に立てかけた宝刀安綱を見て、微笑《ほほえ》んだ。

「よいこしらえですね。刀は誰の作ですか」

「亡き父から受け継いだ物ですが、無銘《むめい》です」

将軍家秘蔵の安綱とは口にせぬ左近に、安兵衛は見せてくれとまでは言わなかった。

「例の辻斬《つじぎ》り一味を捕らえた時の様子を、奥田殿から聞いておりました。岩城先生と互角の腕前とか。一度、それがしと手合わせを願います」

頭を下げられた左近は、いずれ、と答えておき、火消しの活躍を称《たた》えながら酒を酌《く》み交《か》わした。

一杯ずつ酒を飲んだところで、孫太夫が改まって左近に頭を下げた。

「新見殿、藩に迎えると言っておきながら未《いま》だ果たせず、すまぬ。言いわけじみたことを申すが、江戸だけでなく、国許《くにもと》の物価までも上がったせいで、殿の倹約がますます厳しくなったのだ」

左近は微笑んだ。

「気にしないでくだされ」

「いや、そうはいかぬ。いずれ必ず、殿をうんと言わせてみせるゆえ、他から誘いがあっても断ってくれ」

左近は、仕官する気はないと言おうとしたが、先に泰徳が口を挟んだ。

「まあまあ奥田殿、今日は難しい話はなしにしましょう」

それからは剣術の話題や、他愛のない世間話になったが、左近は赤穂藩の二人から、江戸市中のみならず、日ノ本《ひのもと》中に物価高騰《こうとう》の波が押し寄せているのを知った。塩で成功し、石高以上に藩の財政が潤沢《じゅんたく》だと噂されていた赤穂藩とて、小判の改鋳《かいちゅう》と江戸大火による物価高騰に苦しんでいるのだと思うと、産物が乏《とぼ》しい弱小藩は、より苦しいのではないかと、案じずにはいられなかった。

泰徳は、天下の政《まつりごと》に口出しできる立場にない己にいらぬ心配をさせまいとして、赤穂藩の二人の口を閉じさせたのだろう。

左近がそう思って見ると、泰徳は心中を察したらしく、微笑んで酒を注いでくれた。

泰徳は孫太夫にもすすめる。

「ささ、もう一杯ぐっと空けて」

「おお、すまぬ」

孫太夫は酌《しやく》を受け、一息に飲み干して大きな息をついた。

「稽古で汗をかいたあとの冷酒は格別だな。旨い」

すると今度は、安兵衛が一杯飲み、品書きを見つめて感心したようにうなずく。

「それがしの妻は江戸生まれで、奥田殿がおっしゃるとおり物が高いと嘆《なげ》いておりましたが、ここの煮物と酒は安い。大将、儲《もう》からぬのではないか」

振られた小五郎は、板場から茄子《なす》の塩揉《しおも》みを入れた皿を持って出て、笑顔で言う。

「値を上げると、お客さんが来なくなりますから、そっちのほうが辛《つら》いので頑張っております」

「偉い！」安兵衛は褒《ほ》め、酒の追加を注文して続ける。「浪人暮らしが長かったそれがしは、新見殿がこの店によう来られる気持ちが痛いほどわかる。大将、赤穂藩が新見殿をお迎えするまで、値を上げないでくれ」

このとおりだと拝《おが》まれた小五郎は、

「およしになってください。お世話になっているのはこっちのほうですから」

商売用の笑顔を作って下がり、かえでと顔を見合わせてこっそり笑った。

「ちと、静かにしてくれ」

声がしたので左近が見ると、小上がりに座る客の後ろ姿があった。

かえでがすぐさまあやまると、安兵衛が立って行き、頭を下げた。

「すまなかった。お詫《わ》びに一杯注がせてくれ」

「いや、結構」

男は安兵衛と顔を合わせようとせず、静かに飲ませてくれと告げて手酌《てじゃく》をした。

ばつが悪そうな顔で戻った安兵衛に、孫太夫が酒をすすめて微笑み、それからは声音《こわね》を下げて話した。

泰徳が左近にちろりを向けて告げる。

「堀内道場四天王と言われる安兵衛殿とおぬしの立ち合いが、今から楽しみだ」

左近はうなずいて酌を受けた。

小上がりで飲んでいた客がかえでを呼び、勘定《かんじょう》を払って出てきた。

その者は髪が乱れ、着物と袴《はかま》も薄汚い浪人風。

大刀は売ったのか、脇差のみを帯《お》びている。

「大将、旨かった」

小五郎にそう声をかけた男は、口を閉じている左近たちに、

「先ほどは邪魔をした」

頭を下げ、出ていく。

年の頃は三十前か。

左近はその者が見せた暗い目が、気になった。

泰徳も気になったらしく、口を開く。

「近頃は、苦しい暮らしに追い詰められて、自ら命を絶《た》つ者が増えているそうだ」

すると安兵衛が応じた。

「先生もお気になられましたか。それがしも、どうもあの浪人が心配でなりませぬ」

孫太夫も続き、四人の意見は一致した。

「見に行こう」

年長の孫太夫に言われ、左近は泰徳たちに続いて出る。

前を行く浪人は、四人の心配をよそに、三島町の隣町に行くと、増上寺《ぞうじょうじ》の参《さん》詣客《けいきゃく》がよく利用する旅籠《はたご》に入った。

ぞろぞろ跡をつけていた四人は、互いの顔を見合わせて笑った。

孫太夫が詫びる。

「わたしがいらぬことを申した。お詫びに、今日の払いはまかせてくだされ」

「では飲みなおそう」

左近が笑って誘い、四人は店に戻って酒を酌み交わし、親交を深めた。そして翌日には西ノ丸に帰ったのだが、久しぶりにお琴の家に行ったその日に堀部安兵衛と会えたのは、偶然か、それとも必然か、左近にわかるはずもなかった。

だが、左近はこの日もう一人、縁が深まる男と出会っていたのだ。

二

甲府藩主の務めを終えた左近は、五日ぶりにお琴の家に泊まっていた。

昼前には、忙しいお琴が寄り合いに行くというので、暇《ひま》つぶしに送っていった。新橋の手前にある料理屋の前で別れた左近は、岩倉具家《いわくらともいえ》夫妻の顔でも見に行こうかと考えつつ、来た道を引き返そうとした時、橋を渡ってきた髭面《ひげづら》の横顔が目にとまった。先日、小五郎の店にいたあの浪人だと思って見ていると、目が合った。警戒を怠《おこた》らぬ眼差しだったが、左近を覚えていたらしく、会釈をしてきた。

左近も会釈を返して声をかけようとしたが、浪人は関わりを拒《こば》むように前を向き、足早にゆく。

三島町に向かう同じ方角のため、左近は前をゆく町人の肩越しに、浪人から目を離さず歩みを進めた。

すると浪人は、通りの左側に寄り、研屋《とぎや》に入った。

大刀を研《と》ぎに出していたのだと勝手に解釈した左近は、岩倉に会うと決めて先へ行こうとしたのだが、こちらにやってきた二人組の侍が気になり足を止めた。

鋭い目つきの二人組が、研屋の店に入る浪人を追うように店先に行き、中をうかがいはじめたからだ。

二人組は、すぐさま何かに気づいたように、店の右横にある路地へ駆け込んだ。

左近が研屋の戸口から中をのぞくと、浪人の姿はなかった。気づいた店の男が、不安そうな顔で、裏に逃げましたと教えて指差した。

浪人は追われる身だったのか。

二人組が公儀の役人とは思えぬ左近は、町中での刃傷《にんじよう》を止めるべく、店の者が示すまま土間の奥から裏路地へ出た。すると、二人組が浪人を追い詰め、抜刀《ばつとう》したところだった。

対する浪人は、必死の面持ちで脇差を抜く。

二人組は刀を峰《みね》に返して迫る。そして、左近が止める間もなく打ちかかったが、浪人は一撃をかわして足に傷を負わせ、二人目に迫る。二人目は気合をかけて袈裟《けさ》斬《ぎ》りに打ち下ろしたものの、浪人は刀をかい潜《くぐ》ってすれ違いざまに、左の太腿《ふともも》に浅手《あさで》を負わせた。

かなりの遣《つか》い手《て》。

足を傷つけられて倒れた二人を見もせず路地を戻った浪人は、研屋の裏木戸から出ていた左近を見て警戒し、脇差を構える。

「おぬしも奴らの仲間か」

頭に血がのぼっている浪人は、左近の答えを聞く前に斬りかかった。

かわした左近は、対峙《たいじ》する浪人に勘違いをするなと告げるも、浪人は油断せぬ。

左近の背後で、先ほどの二人組が痛みをこらえる声を吐いて立ち上がった。それを見た浪人は、左近に脇差の切っ先を向けて下がり、向きを変えて走り去ろうとした。その目の前に、待ち構えていた剣客風がつと現れ、抜く手も見せず刀を打ち下ろした。

不意を突かれた浪人は、右腕を斬られた。

真新しい色の深編笠《ふかあみがさ》を着けている剣客風は、刀を峰に返さず正眼《せいがん》に構えた。

血が流れる右腕をだらりと下げ、左に脇差を持ち替えた浪人は、痛みに顔をしかめて下がる。

左近が浪人をかばって出ると、剣客風は斬りかかってきた。

安綱を抜きざま、右手のみで弾《はじ》き上げる左近。

剣客風は、葵一刀流《あおいいっとうりゅう》を遣う左近の豪胆さと確かな腕前に下がり、

「引け！」

一言発して走り去った。

背後の二人組は、別の方角へ逃げていく。

呻《うめ》く浪人に歩み寄った左近は、惜しげもなく着物の左袖を引きちぎり、血止めをした。

「かたじけない」

恐縮する浪人に、左近は問う。

「先日入られた旅籠にお泊まりか」

浪人は首を横に振る。

「宿代がもったいなく、今は野宿をしております」

「では煮売り屋に行こう」

「いや、迷惑になりますから」

「遠慮をしている時ではない。まずは傷の手当てだ。さ、行こう」

腕を引く左近に、浪人は、かたじけないと頭を下げて従った。

左近は歩きながら問う。

「今の連中に覚えがあるか」

浪人は首を横に振った。

「二人は初めて見る顔です。編笠の者は、鼻から下を布で隠しておりわかりませぬが、金を出せと言われました」

左近はその声を聞いておらず、物取りには見えなかったが、浪人は物取りだと決めつけた。

左近は深く問わず、小五郎の店に戻ると、聞き覚えのある笑い声がした。

左近が浪人を促《うなが》して表から入ると、ぐい呑《の》みを片手に大口を開けて笑っていた権八が、ぎょっとして立ち上がった。

「左近の旦那、そのお姿はどうしなすったんで！」

着物の左袖がない左近と、血を流している浪人に慌《あわ》てた権八に、左近はあえて、鷹揚《おうよう》に微笑んでみせた。

「喧嘩《けんか》で怪我《けが》をした者に関わっただけだ。それより、久しぶりだな」

喧嘩と聞いて、権八は落ち着いた。江戸の町では珍しい話ではないからだ。

「やっと仕事が落ち着いたんで、ひと月ぶりにかかあの顔を拝みに帰ってきやしたが、店が忙しそうなんで、一杯やっていたんです」

「そうか。あとで付き合おう。大将、この御仁《ごじん》の手当てを頼む」

応じた小五郎が、かえでに顎《あご》を引く。

奥の小上がりに促したかえでは、慣れた手つきで手当てをしてやり、傷は浅いと教えた。

浪人が、血で汚れた左近の着物の袖を見て、恐縮した。

「上等な着物を台無しにしてしまった。申しわけない」

「気にせずともよい」

「いや、そうはいきませぬ。着物は必ず弁償しますが、今は持ち合わせがありませぬので、いずれ必ず、こちらに届けにまいります」

いいと言っても聞かぬ浪人は、小五郎とかえでに迷惑をかけたと頭を下げ、名も言わず帰ろうとしたのだが、戸口の前でふらつき、倒れそうになる身体を柱で支えた。

かえでから、熱があると告げられた左近は、浪人に歩み寄る。

「無理はせぬほうがいい」

浪人は笑った。

「どうやら、野宿が祟《たた》ってしまったようですが、これしきは大丈夫」

と言って出ていこうとした浪人だが、またふらついた。

左近は支えてやり、小五郎に、二階で休ませるよう告げた。

応じた小五郎に続いて来た権八が、意識が朦朧《もうろう》としている浪人を二人がかりで二階へ連れていった。

かえでと入れ替わりに下りてきた権八が、左近と向き合って長床几に腰かけ、真顔で口を開く。

「あのご浪人、もう何日も、ろくに飯を食べていないようですぜ。喧嘩のもとはなんです」

「おれはたまたま通りかかったゆえ、詳しいことは知らんのだ」

「そうですかい。厄介《やっかい》ごとを抱えてなきゃいいですがね。一杯どうぞ」

ぐい呑みとちろりを向けられた左近は、権八に付き合って酒を飲みながら、話題をそらした。

「長屋の普請《ふしん》は進んでいるのか」

「へい」権八は、酒を一口飲んで答える。「ここに来て材木が回ってくるようになりやしてね、今まで畑や草原だった麻布の景色が、どんどん町に変わっていますよ」

「焼け出された者たちが安寧《あんねい》に暮らせるのは、権八たちのおかげだ。今日は、思う存分飲んでくれ」

喜んだ権八は、浪人のことなどすっかり忘れた様子で酒を楽しみ、夜はお琴の家に移動し、四人で夕餉《ゆうげ》をとった。

およねは権八が帰ったのがよっぽど嬉しかったのか、あまり飲めない酒を口にして酔っぱらい、途中で眠ってしまった。

「しょうがねぇなぁ」

笑いながら身体を起こした権八が、連れて帰るから背負わせてくれと言うので左近が手を貸してやると、気合を入れて立ち上がった。

「ここ、こいつは、牛みてぇに重いや」

よろける権八を支えた左近は、しっかりとしがみつき、幸せそうな顔をしているおよねの顔を見て微笑み、送り出した。

あとでお琴に教えてやると、酌をしながら笑った。

「およねさん、毎日寂しがっていましたから、権八さんがやっと戻ってくれて嬉しかったんでしょうね」

「ここもにぎやかになるな」

「はい」

左近は、ふと思い出して告げた。

「おこんの奉公先を又兵衛に探らせてみたが、どこの家に決まっているのかはわからなかった」

お琴は左近が調べようとしたのが意外だったらしく、驚いた顔をした。

左近は微笑む。

「不安がっておったゆえ、おれも気になって、よい家かどうか知りたくなったのだ」

「あれから一度も店に来ていませんが、今頃どうしているのでしょうね」

「今一度、調べてみよう。評判が悪ければ、奉公先を変えるよう計らう」

お琴は微笑んでうなずき、左近に寄り添った。

三

「あれから眠らせていただいたおかげで、熱が下がりました」

粥《かゆ》を持って上がったかえでに、男は正座して頭を下げた。そして、目を伏せ気味に茶碗を受け取って一口食べるなり、空腹を思い出したように黙然《もくねん》と口に運んだ。

茶碗を空にした男は、改まってかえでを見た。

「昨夜は拙者のせいで、あまり眠っておらぬのでしょう。夜中に布を替えてもらった時は、冷たくて心地よく、長らく忘れていた人の情にこころが温かくなりました。このご恩、生涯忘れませぬ」

「一晩お世話をしただけですから、どうぞお気になさらず。さあ、もう一杯お召し上がりください」

「かたじけない」

おかわりをよそったかえでが問う。

「これからも野宿を続けるおつもりですか」

男は茶碗を受け取り、苦笑いを浮かべた。

「そのつもりでしたが、かえって他人様《ひとさま》に迷惑をかけてしまった。雨露《あめつゆ》をしのげればよいゆえ、店賃《たなちん》が安い長屋を知っておられたら教えてもらえぬか」

かえでは明るく応じる。

「お客さんに訊いてみますから、お名前を教えてください」

「おお、そうでした。名乗りもせず無礼をいたした。拙者、柏木《かしわぎ》謙八郎《けんぱちろう》と申す」

改めて頭を下げる柏木に、かえでは遠慮も堅苦しい物言いもよしてくれと言い、続けて問う。

「これまで、お部屋を探されたことはありますか」

「そこだ……」

浮かぬ顔をする柏木に、かえでは続ける。

「お国はどちらですか」

「江戸で生まれ育ったが、わけあって十年ほど離れたせいで伝手《つて》もなく、拙者のような胡散臭《うさんくさ》い浪人者に、部屋を貸す者がおらぬのだ」

話す時の暗い表情をじっと見ていたかえでは、大将に相談すると告げて下に降りた。

板場で煮物を仕込んでいた小五郎が、手を止めて訊く。

「様子はどうだ」

かえでは頼まれたことを話し、こう付け加えた。

「何か深い事情があるように思えます」

「そうか。おそらく殿も、そう感じられたのだろう。目を離さぬよう命じられている」

小五郎は二階に上がり、窓から外を眺《なが》めていた柏木に声をかけた。

「柏木様、女房から話を聞きました。部屋を当たってみますので、よろしければ、見つかるまでこの部屋をお使いください」

柏木は目を見張り、首を横に振った。

「いや、それでは迷惑になる」

「まさか、腕に傷を負わせた連中がまた来るとおっしゃるのですか」

「そうではないが……」

「だったら、どうか遠慮なさらずお使いください」

柏木は小五郎をまじまじと見た。

「昨日の御仁といい、そなたらといい、どうして見ず知らずの者にそこまで親切にする。拙者が悪人とは思わぬのか」

小五郎は首の後ろに手を当てて、言いにくそうに告げる。

「手前が言うのはおこがましいのですが、長年商売をやっておりますと、危ないお客が入ってきた時は、ああ、この人には関わらないほうがいいというのが、不思議とわかるんです。その点、柏木の旦那は、いい目をしてらっしゃる」

「いい目か」柏木は微笑んだ。「大将は、人がよいな」

小五郎は笑った。

「手前も他人様に助けられて今がありますから、お互い様ということで、どうぞ、遠慮なさらないでくださいい」

「そうか。では、しばらくのあいだお言葉に甘えよう」

こうして柏木は、小五郎の店に泊まることとなった。

何ごともなく一日が過ぎ、二日経《た》った。

襲われたせいか、柏木は一歩も外に出ようとせず、傷の痛みが楽になった三日後に二階から下りてきたかと思えば、小五郎に、神妙な態度で頭を下げた。

「大将、折り入って頼みがある」

店を開ける支度をしていた小五郎は、柏木を小上がりに誘って向き合った。

「改まってなんです。部屋は今、当たっているところですが」

「そうではない。拙者を雇っていただきたい。板場で、皿洗いをさせてくれ」

頭を下げられた小五郎は、かえでと顔を見合わせた。

かえでは真顔で首を横に振る。

もっともだ。他人がいては、左近のために動きづらくなる。

小五郎もうなずき、笑顔を作って柏木の頭を上げさせた。

「お武家様に皿洗いなどとんでもない。遠慮はいりませんから、部屋が見つかるまでゆっくりしていてください」

するとと柏木は、恥ずかしそうに返す。

「実は、懐《ふところ》が寂しいのだ。甘えついでに、長屋で暮らすための店賃を稼がせてくれ。このとおりだ」

「柏木様、そのようなことをなさってはいけません。どうか、お手をお上げください」

あくまで煮売り屋の大将を演じる小五郎は、動こうとしない柏木に根負けしたようなため息をついた。

「わかりました。そういうご事情ならば、働いていただきましょう」

「まことか」

「はい。今日からお願いできますか」

「うむ。大将、すまぬ」

「何をおっしゃいます。今日から共に働く仲間ですから、よろしく頼みます」

柏木はここに来て初めて見せる穏やかな笑顔で応じ、安堵《あんど》の息を吐いた。

翌日、西ノ丸にいた左近は、かえでから柏木が皿洗いをしていると聞いて驚いたものの、縁側から身を乗り出して耳打ちする。

「やはり何かありそうだな。それとなく、襲われたわけを探ってくれ」

控えていた又兵衛が、耳を向けて聞こうとしているのをちらと見たかえでは、小さく顎を引いて下がった。

「殿、また厄介ごとに首を突っ込まれておられるのか」

又兵衛の声に左近が笑うのを聞きながら、かえでは足早に去った。


柏木が皿洗いをして十日が過ぎたが、変わったことも起きず、穏やかな日が続いた。

小五郎は、部屋を探していると言いつつも、銭がある程度貯まるまでいるよう誘う。

柏木は、そんな小五郎とかえでにこころを開き、自然と笑みが増えていた。

今日も店に来る客たちの笑い声を聞きながら皿を洗っていた柏木は、聞き覚えのある声に手を止め、振り向いた。

小五郎が包丁を使う前の長床几に、左近と権八が腰かけたところだった。

柏木は、助けてもらって以来、初めて顔を見る左近に礼を言うべく、板場から出て頭を下げた。

左近は微笑む。

「髷《まげ》を町人風にして髭を剃《そ》られた姿は、すっかり別人だな」

柏木は照れ笑いを浮かべた。

「大将に雇ってもらうからには、武家の身分を気取れませぬ」

すると権八が突っ込んだ。

「そこは、気取れやせん、とおっしゃらなきゃ」

柏木が真面目に言い換えると、権八は満足した顔で告げた。

「かえでさんから聞きましたよ。あっしが暮らしている鉄瓶長屋《てつびんながや》に、来月空きが出るそうですが、どうです」

「権八、それはまことか」

訊く左近に、権八はうなずく。

「井戸端の右側の端っこの部屋に一人で暮らしてる婆さんがいるんですがね、うらやましいことに息子夫婦から一緒に暮らそうと言われたらしく、もうすぐ引っ越すそうです」

老婆の部屋は権八の部屋から離れている。そこならば、先日の曲者《くせもの》が来ても、権八たちの身の危険はなさそうだ。

　そう思った左近が小五郎を見ると、応じた小五郎が口を開く。

「柏木の旦那、どうです」

　柏木は戸惑う面持ちをした。

「どうだろう。どこの馬の骨ともわからぬ拙者を、家主は住まわせてくれるだろうか」

「そこはあっしが一言かけりゃ、二つ返事で応じますよ」

　身元を引き受けると胸を張る権八に、柏木は申しわけないと言い、小五郎に顔を向けた。

「大将、せっかくだが、このままここで皿洗いをさせてくれぬか」

　小五郎は渋った。このまましばらく住み込みとなれば、左近のために動きづらくなるからだ。

　左近が柏木に問う。

「武士の身分を捨て、町で働いて生きるつもりか」

　柏木は、整えたばかりの町人髷を触り、左近を見てきた。

「拙者はもう、どこにも仕官するつもりがないのです。いずれは江戸を出て、菜《な》物《もの》でも作って暮らしたいと考えております」

「そうか。大将、なんとか力になれぬか」

左近から、力になってやれという目顔を向けられた小五郎は、柏木に向いた。

「そういうことなら、力になりましょう。畑を耕《たがや》すにも一からだと金がいるでしょうから、ここでしっかり貯めてください」

「かたじけない。いや、助かった。かえで殿、よろしく頼みます」

かえでは笑顔で応じた。

この日から一層、真面目に働いていた柏木は、客からもいい人を雇ったと言われるほど、店に馴染《なじ》んでいた。

さらに日が過ぎてゆき、腕も怪我をする前くらいに動くようになった頃に、柏木は小五郎に、息抜きに歩いてくると言って出かけた。

久しぶりの外出だけに、小五郎はそのあたりを歩くだけだと判断して快《こころよ》く送り出した。

ところが、一刻（約二時間）足らずで帰ってきた柏木は、以前のように暗い顔をしていた。本人はそれを悟《さと》られまいと明るく振る舞っていたが、かえでから、どうも気になると言われた小五郎は、店を開ける前に柏木と向き合い、様子が変だとぶつけてみた。

「外で何かあったのかい」

すると柏木は、何もないと言って笑ったが、その寂しそうな笑顔を見て、小五郎は心配になった。

それからの柏木は暗い表情を見せず、いつものように真面目に働き、夕餉もしっかりとって二階に上がった。

小五郎はかえでに、考えすぎかもしれないと言って休んだ。

柏木は翌日も気晴らしをすると告げて、店を出た。

昨日の今日だけに、どこに行くのか気になった小五郎は、密《ひそ》かにあとを追う。

すると柏木は、店から離れたところで頰被《ほおかぶ》りをし、新橋のほうへ向かいはじめた。襲われたのは物取りではなく、狙われたに違いないと小五郎は睨《にら》み、あとに続く。

柏木はしきりにあたりを気にするので、跡をつける小五郎は用心し、通りをひとつ離れて、四つ角から確かめながらついていった。

新橋の手前を右に曲がった柏木は、汐留橋《しおどめばし》を越えて木挽町《こびきちょう》へ行き、再建の普請が続けられている武家屋敷が並ぶ道へ入った。

急いだ様子の柏木は、大工たちに物を尋ねながら一軒一軒回っていたが、目的が果たせなかったらしく、落胆した様子で来た道を戻りはじめた。

店を開ける刻限に遅れぬようにしているのだと察した小五郎は、物陰に隠れて柏木を見送り、先ほど柏木が物を尋ねた大工に声をかける。

「ちょいとお兄さん」

「おう、なんだい」

「すみませんが、たった今、お兄さんと話されていたお人が手前の知り合いのように思えたもので教えてほしいのですが、何かお尋ねになりましたか」

いぶかしむ大工に、怪《あや》しい者じゃないと言って袖の下を渡すと、大工は上機嫌に教える。

「このあたりに別宅を持っていた荒島《あらしま》というお武家のあるじを捜しているようだぜ。知ってのとおりこのあたりは焼けちまったから、生きているのかも、どこに移ったのかもわからないらしい」

荒島という名に、小五郎は覚えがない。

「そうですか。どうやら人違いのようです。邪魔をしましたね」

「いいってことよ。それより、ありがとうな」

「いえ」

小五郎は笑顔で腰を折って去り、建物が真新しい辻番《つじばん》に向かった。詰めていた番人に嘘《うそ》を並べて荒島家について問うと、番人は警戒せずに教えてくれた。

「荒島家の別宅は確かにあったが、火事になるよりずっと前になくなったぞ」

「そうですか。火事になる前に、ですか」

「うむ。荒島家がどうした」

「実は、昔お世話になりましたもので、どうしていらっしゃるか心配していたのです」

適当なことを言って、ここでも袖の下を渡して去ろうとしたが、奥から別の番人が出てきて、小五郎を呼び止めた。

「荒島家は確か、大名家の重臣の家柄だったな」

探られているのだろうかと思った小五郎だが、へい、と話を合わせた。

うなずいた番人は、小五郎を手招きした。

身構えず歩み寄ると、番人は手を差し出した。銭をくれというのだ。

応じて小銭を渡すと、番人は表の通りを気にする様子を見せて、声音を下げて言う。

「荒島家は、十年前に当主が殿様のお怒りを買い、国許の牢屋送りになったと聞いておる」

「ええ！」小五郎は大げさに驚いてみせた。「では、お取り潰しになったのですか」

「いや、江戸家老の尽力でお家の取り潰しは免《まぬが》れて、弟が跡を継いでいた。しばらく別宅から近くの上屋敷に通っていたようだが、いつの間にか、空き家になっていたな。今じゃその上屋敷も、焼けてしまったが」

「荒島家の方々は、国許へ帰られたのでしょうか」

「そうは聞いておらぬ。おぬしは、見たところ町人のようだが、どのような関わりがある」

探る目を向けられて、小五郎は愛想《あいそ》笑いをする。

「手前がまだ十五の時に、荒島家の別宅で下働きをしていたんです。そのおかげで、今は小さな店をやっておりまして、ずいぶんご無沙汰《ぶさた》を……」

「わかったわかった」番人は面倒くさそうに遮《さえぎ》って言う。「大火事だったから心配で来る者は大勢おるが、十年前のことも知らぬおぬしのようなのは初めてだ。気持ちはわかるが、弟が今どこで何をされているのか、わからんな」

「そうですか。とんだお手間を取らせました」

小五郎は恐縮したふりをして退散した。

柏木は、何者だろうか。

探る目を柏木が去った汐留橋に向けた小五郎は、その足で西ノ丸に上がった。

話を聞いた左近は、腰かけていた濡《ぬ》れ縁《えん》から離れ、庭の水瓶《みずがめ》に浮く水草を見つめた。そして、片膝《かたひざ》をついている小五郎に振り向いて口を開く。

「小五郎は、柏木の行動をどう思う」

「牢屋に送られた兄が、ご赦免《しゃめん》になって戻ったのではないかと」

「それならば、何ゆえ名を偽《いつわ》る」

小五郎は、考える顔をした。

「命を狙われているからではないでしょうか」

「小五郎が申すとおり、まことの兄だとすれば、弟が木挽町におらぬのを知らぬまま江戸の大火を耳にし、案ずるあまり牢破りをしたのかもしれぬ」

いつもは冷静な小五郎が、目を左右に泳がせた。

「襲うたのは、藩の追っ手でしょうか」

「追っ手ならば、堂々と名乗るはずだ」

「確かに」

「柏木とこれまで過ごして、人となりをどう見ておる」

「無駄口をたたかず、情に厚いなかなかの御仁かと存じます」

「木挽町にいた弟を捜しているなら、兄か、兄に通じる者と見てよかろう。襲うたのは物取りだというのも、余《よ》は信じておらぬ。引き続き守ってやれ。そのうち、何か見えてこよう」

「承知しました」

小五郎は左近の前から下がり、急ぎ煮売り屋に戻った。

四

水無月《みなづき》の声が聞こえても、柏木は小五郎の店で働きながら、暇を見つけては町へ出ていく暮らしを続けていた。

「大将、今日も出かける」

ひと声かけて店を出ようとした柏木を、板場にいた小五郎が呼び止めた。

「誰かを捜してらっしゃるのでしたら、手伝わせてください」

柏木は小五郎の目を見た。

「そう思っていたのか」

「雨の日以外は毎日出かけられますし、お顔にも心配ごとがあると書いてありますから」

柏木は笑った。

「大将の人を見る目にかかっては、隠しごとができぬな。確かに人を捜しているが、昔の知り合いを散歩がてら捜しているだけだ。特に親しかったわけでもなく、見つからなければそれでよいと思うておる」

明るい調子で関わりを拒む柏木に、小五郎はしつこくしない。

「そうですか。やはり、火事が原因ですか」

「うむ。どこかで生きておればよいが」

「心配ですね。やっぱり、お手伝いしましょうか」

「いやいや、これ以上迷惑をかけては、居候《いそうろう》しづらくなる」

柏木は冗談めかして笑い、店を開けるまでには戻ると言って出ていった。

毎回、小五郎とかえでが交代でつき、時には配下の久蔵《きゅうぞう》が跡をつけていた。

今日は小五郎が行き、陰ながら守った。

まったく気づいていない柏木は、今日も木挽町の武家地に足を運び、荒島家を知る者を捜していた。大工の次は、道を歩く武家の者に声をかけて尋ね、必ず見つけるという気概が見て取れる。

三人目の武家に話を聞き終えた柏木は、知らぬと言われたのか、ひとつため息をつき、次の者に声をかけるべく歩みを進めた。ところが、何かに気づいたように急に向きを変え、町家が並ぶ方角に走り去った。

そのあとを二人の侍が追っていくのを見た小五郎は、助けるべく走る。

侍の前を行く柏木は、振り向きもせず路地に入った。

二人の侍も続いて入り、小五郎が路地を曲がった時に呻き声がした。見れば、路地の先で侍が二人とも倒れ、呻いて苦しんでいたが、やがて動かなくなった。

柏木の姿はどこにもない。人気《ひとけ》のない路地には、普請に使う材木や竹が立てかけてある。

「柏木の旦那」

小五郎が声をかけたが、返事はなく、気配も感じない。

柏木はこの場所を知っていたのだろう。二人を誘い込み、不意打ちを食らわせて昏倒《こんとう》させたのだ。

小五郎は柏木を追わず、気絶している二人の正体を探るべく、物陰に隠れた。

やがて意識を取り戻した一人が、もう一人を揺すって目覚めさせた。

後ろ頭を押さえて顔をしかめながら立ち上がったその者が、口を開く。

「奴はどうした」

「逃げられた。それがしもやられたのだ」

「くそ」

「戻るぞ」

路地から出ていく二人がどちらに曲がるのか見ていた小五郎は、追って走り、跡をつけた。

二人は小五郎の存在に気づくことなく町中を抜け、築地《つきじ》の西本願寺《にしほんがんじ》近くにある大名屋敷に入った。

そこは、備中高竹藩《びっちゅうたかたけはん》瀬渡《せわたり》家の中屋敷だ。

柏木が捜す荒島家が重臣を務めていたお家だろうかと推測した小五郎は、人気のない場所に移動し、忍び込んだ。

広大な庭の茂みを音もなく進み、御殿が見える場所で一旦潜《ひそ》んで様子を探っていると、先ほどの二人が急いだ足取りで外廊下を歩いてきた。

小五郎が追って移動すると、二人は奥向きの座敷に行き、廊下で正座した。

「ご家老」

という声が聞こえたが、その先は小五郎の耳には届かない。

程なく障子が開けられ、現れた侍を見た小五郎は、一瞬目を疑った。羽織《はおり》袴《はかま》を着けたその者の立ち姿が、柏木にそっくりだったからだ。

顔立ちも似ているその男は、二人を招き入れ、障子を閉めた。

じっとしていても汗が出る日に、人目をはばかって障子を閉めるのは、よからぬ相談があるからに違いない。

柏木に関わる話か確かめるべく、小五郎はあたりを探りつつ庭を横切り、床下に潜《もぐ》り込んだ。

この時中では、家老の荒島治武《はるたけ》が渋い顔をして、二人の家来と向き合っていた。

「そのほうらが不覚を取るとは、あの者、腕は落ちておらぬようだな」

「次こそは必ず……」

「その言葉を何度聞かせる気じゃ」

遮って不快さを露わにした家老に、二人は沈黙した。

苛立《いらだ》ちの声を吐いた家老が、一転して不安げに告げる。

「奴を野放しにしてはならぬ。なんとしても捕らえて、国許の牢へ送り返せ」

「お言葉を返すようですが、ご家老、奴を捕らえるのは難しゅうございます。斬らせてください」

家来の提案に、家老は鬼の形相《ぎょうそう》となり、顎を引く。

「やるからには、必ず息の根を止めよ」

「はは」

応じた家来たちが下がろうとしたところへ、別の家来が来た。その者は、揃って場を譲る家来たちを順に睨み、治武の前に座して告げる。

「ご家老、それがしに策がございます」

「申してみよ」

家来はそばに寄り、耳打ちした。

声が聞こえない小五郎は、顔をしかめて潜んでいた。程なく部屋から人が去り、物音も気配もなくなったところで床下から出ると、誰にも気づかれず屋敷から去った。

煮売り屋に帰ると、柏木はかえでと店を開け、常連の雉右衛門《きじえもん》と勝太郎《かったろう》親子が来ていた。

「いらっしゃい」

声をかける小五郎に親子は笑顔で応じ、雉右衛門が言う。

「大将、柏木の旦那がいらっしゃるから、すっかり楽をしているのかい」

「ちょいと野暮用《やぼよう》でして」

苦笑いで応じる小五郎に、雉右衛門は笑った。

「冗談だ。今日も旨いな」

「ありがとうございます。どうぞごゆっくり」

愛想笑いで板場に入ると、柏木が真顔で向き合い、じっと見てきた。

小五郎は申しわけなさそうな顔で応じる。

「ちょいと知り合いを訪ねたら、話が長くなりました」

「木挽町に知り合いがいたのか」

厳しい目を向けられ、小五郎は観念した。

「すみません。どうにも気になって、お節介《せっかい》を焼こうとしました」

「どこまで見ていた」

「二人のお武家をやっつけられるまでです」

「見ていたなら、次はついてくるな。命が危ないぞ」

「旦那、やっぱり腕の傷は、命を狙われたからですね。相手は誰です」

柏木は答えず、雉右衛門親子が注文したちろりの酒を湯から取り出し、布で拭《ふ》いて板場から出た。

戻ってくると、空のちろりを洗いながら、小五郎を見ずに口を開く。

「今日まで世話になった。明日出ていく」

「旦那、そうおっしゃらずに、いてください」

「今日の奴らは、下っ端だ。このままでは大将とかえでさんに迷惑がかかる」

「そんなに悪い奴らなんですか」

「拙者を匿《かくま》っていたと知れば、許すまい」

「まさか、旦那が悪事をお働きになったほうなので？」

怯《おび》えたふりをして訊く小五郎に、柏木は微笑んだ。

「大将は、とっくに見抜いておるのではないか」

「ええ、悪人ではないはずです。ですが、素人《しろうと》の勘というやつですから、旦那の口からお教えいただくと、安心してお力になれると思った次第で」

「案ずるな、もう迷惑はかけぬ」

「そうではないんです。言い方が悪うございました。今日までご一緒させてもらった旦那をこのまま出ていかせたんじゃ、手前の気持ちがどうにもすっきりしません。どうか、お力にならせてください」

だが柏木は口を閉ざし、話そうとしない。

小五郎は食い下がった。

「わかりました。もう何も訊きませんから、出ていくなんておっしゃらないでください。でなきゃ手前が、新見の旦那に叱《しか》られてしまいますから」

柏木は小五郎に厳しい顔を向けた。

「お節介を焼いて跡をつけるのをやめるか」

「へい。もうしません」

「わかった。では、新見殿が来られるまでは世話になる」

「ああ、よかった」

安堵の声をあげる小五郎の芝居に、普段を知るかえでは笑いが我慢できなくなったらしく、奥へ逃げた。

雉右衛門と勝太郎はまったく気にする様子もなく、格子窓《こうしまど》から外を見ながら何かを語り合っている。

小五郎が酒の肴《さかな》を持っていくと、どうやら二人は、麻布に広がる町について真剣に語っているようだった。

話をやめた雉右衛門が、小五郎に言う。

「噂で聞いたが、ご公儀はずいぶん思い切ったことをしているようだな。麻布から青山にかけて武家や町家が新築されて、すっかり景色が変わっているそうじゃないか」

「見たことはないですが、そのようですね」

「町の者はともかく、城から遠ざけられたお武家は、いい気がしないだろうな。憂《う》さ晴《ば》らしに辻斬りをしやしないか心配だ」

小五郎は真面目な顔をして応じた。

「お二人で見廻りをする相談ですか」

すると勝太郎が手をひらひらとやった。

「おとっつぁんは心配しすぎなんです。新見様が辻斬り一味を退治してくださったから、心配いらないと言っても、聞かないんですから」

小五郎はうなずき、雉右衛門に言う。

「そんなに心配すると年を取りますから、今日だけでも、楽しく飲んでいってください」

酒を注いでやり、板場に戻ると、柏木が手を動かしながら口を開く。

「新見殿は、町を守っているのだな」

「ええ」

「ただのお節介好きかと思うていたが、おぬしらは、何者なのだ。町奉行所には密かに町の悪を討つ隠密《おんみつ》がいると耳にしたことがあるが、おぬしらではないのか」

「ご冗談を。一緒に暮らしてきておわかりでしょう。ただの煮売り屋です」

「おぬしはそうであっても、新見殿はわかるまい」

「勘ぐりすぎです。いらっしゃい！」

折よく客が来たので、小五郎は声をかけて仕事に戻った。

「拙者の考えすぎか」

柏木はぼそりとこぼし、洗い物をはじめた。

背中を向けている小五郎は、案じ顔で見ていたかえでに舌を出してみせた。

五

翌日も、柏木は出かけた。

木挽町に行くべく日本橋に続く道を歩いている時、

「光政様《みつまさ》」

背後で呼ぶ声がした。

それは柏木にとって、聞き覚えのある声に似ていた。

足を止めて振り向いた柏木は、目を見張った。そこには、かつてお家に仕《つか》えていた若党の姿があった。

「又次郎《またじろう》か」

駆け寄った又次郎は笑顔を見せていたが、込み上げる感情に顔を歪《ゆが》め、腕を目に当てて嗚咽《おえつ》した。

「又次郎、人が見ているぞ」

「すみません」

「しかし偶然だな。ここで会えるとは思いもしなかった」

「偶然ではございません。木挽町で荒島家のことを探る者がいると辻番の者から聞き、もしや光政様ではないかと思ってお捜ししておりました」

「おお、そうだったのか」

「ほんとうに、お懐かしゅうございます」

涙を流して喜ぶ又次郎に、柏木こと光政は問う。

「隆政《たかまさ》と幸恵《ゆきえ》殿はどうしている。共に暮らしているのであろう？」

又次郎は途端に顔を曇らせ、下を向いた。

押し黙る又次郎に、光政は教えてくれと頼んだ。

又次郎は、ためらいがちに告げる。

「隆政様は、八年前にお亡くなりになりました」

思わぬ言葉に、光政は一瞬理解できず絶句する。息を大きく吸って気持ちを静めようとしたが、悲しみよりも疑念が勝《まさ》った。

「なぜだ。なぜ死んだ」

又次郎が洟水《はなみず》をすすり、手の甲《こう》を鼻の頭に当てて声を震わせた。

「藩邸からの帰り道に、何者かに襲われて命を落とされたのです」

「まさか、あの者たちに暗殺されたのか」

「わかりませぬ。町奉行所の調べで物取りの仕業《しわざ》として片づけられました。それだけではすまず、ご公儀からは、江戸市中で刀も抜かず賊に斬られたことを咎《とが》められ、荒島家は断絶にされました」

「馬鹿な。隆政は直心影流《じきしんかげりゅう》の日立弦才《ひたちげんさい》先生に弟子入りし、師範代を務めるほどの腕だ。物取りなどに殺されるものか」

「そう思い、わたしを含め家の者たちだけで調べようとしたのですが、ご本家のお方が、ご公儀の沙汰《さた》を覆《くつがえ》しては藩にご迷惑がかかるとおっしゃり、どうすることもできませんでした」

泣いてあやまる又次郎を、光政は咎めなかった。

「物取りなど信じられるか」

「おっしゃるとおりです。隆政様は、光政様が牢に送られるのを納得されていなかったのですから、わたしたち家来は暗殺に決まっていると思うからこそ、調べなおそうとしたのです。それを、ご本家が止めたのです」

「まさか隆政は、わたしの潔白《けっぱく》を殿に訴えようとしたのか」

「はい。その矢先に、命を落とされたのです」

「潔白を訴えると、弟は他の誰かに言ったのか」

「わかりませせぬ」

「解《げ》せぬ」

「お諌《いさ》めしても、お聞き入れくださりませんでした」

涙声で悔しそうにする又次郎に、光政は肩を落とした。もうひとつ気になったことを問う。

「幸恵殿はどうしている。実家に帰ったのか」

又次郎は顔を歪めて首を横に振り、また嗚咽した。

「泣いていてはわからぬ。教えてくれ」

「奥方様は、隆政様のあとを追われました」

「死んだだと……」

光政は胸が締めつけられ、きつく目を閉じた。

声を出して悲しむ又次郎の肩をつかんだ光政は、力を込めて揺すった。涙を呑み、気丈に訊く。

「二人の墓は、藩の菩提寺《ぼだいじ》にあるのか」

「いえ、殿がお家の恥《はじ》をさらしたとお怒りになられましたから、別の寺に葬《ほうむ》られました」

「おのれ、まるで罪人扱いではないか」

「今もお許しにならず、藩の同輩方は誰一人、墓を訪れる者はいません」

「そなたが墓を守っているのか」

「はい」

「では、二人のところに案内してくれ」

「光政様のお戻りを知られれば、隆政様と幸恵様がお喜びになられます」

又次郎が案内したのは、麻布を抜けた先にある森の中にひっそりと建つ小さな寺だった。弟夫婦は、寺の裏手にある竹藪《たけやぶ》の中に世間の目を避けるように葬られ、粗末な墓石が置いてあるだけで、又次郎に教えられなければ、それとはわからなかった。

あまりの扱いに、光政は悔し涙を流し、墓前に両膝をついて首《こうべ》を垂れた。

「許せ。兄が浅はかで、愚《おろ》かだった。許してくれ」

物言わぬ二人の墓に向かって両手をつき、こらえていた糸が切れたように嗚咽した。

唯一の救いは、竹の落ち葉さえ周囲になく、きれいに掃除されていたことだ。

禄《ろく》を失っても忠義を忘れず墓守《はかもり》をしてくれた又次郎に、光政は改めて頭を下げた。

「又次郎、そなたの忠義のおかげで、弟夫婦は安らかに眠っているはずだ。礼を申す」

「光政様、どうかお手をお上げください」

「又次郎」

「はい」

光政は顔を上げ、又次郎の目を見た。

「今日限りで、そなたは自由だ。もう二度と、わたしにも近づくな」

又次郎は首を何度も横に振る。

「何をおっしゃいます。せっかくお会いできたのですから、そのようなことをおっしゃらないでください」

「わたしも命を狙われたのだ」

「えっ」

「わたしとおれば、そなたも無事ではすまぬ。行け」

「光政様は、これからどうされるのですか」

光政は立ち上がった。

「決まっている。弟夫婦の無念を晴らす！」

大声で決心を述べた光政に、又次郎は顎を引く。そして口を開いた。

「そうはさせませぬ」

思わぬ言葉を吐いた又次郎は、いきなり抜刀して斬りかかった。

光政は咄嗟《とっさ》に下がったが間に合わず、切っ先が胸を裂いた。

鼠色《ねずみいろ》の着物に黒い染みが広がり、胸に手を当てたものの、指のあいだから血が流れた。

激痛に呻いた光政が、悔しさに顔を歪めて怒りをぶつける。

「おのれ、何をする」

「今さら戻られては、困るお人がいるのですよ」

又次郎は悪い笑みを浮かべ、刀を八双《はっそう》に構えたその時、墓の周囲の竹藪に身を伏せていた者どもが立ち上がり、出てきた。覆面を着けた五人の刺客が、逃げ道を塞《ふさ》ぐ。

胸の痛みに呻いて倒れた光政が、又次郎を睨む。

「弟を、裏切ったのか」

又次郎は刀を下ろし、余裕の笑みを浮かべて答える。

「隆政様がいけないのですよ。せっかく従兄弟《いとこ》の治武様が家老になられるという時に、兄は罪を犯《おか》していない、ご本家の罪を被《かぶ》ったのだなどと、騒ぐからです」

「わたしは、弟に家督《かとく》を継がせると約束されたから本家の頼みに応じたのだ。隆政もそれを知っていた。騒ぐはずはない！」

ほくそ笑む又次郎を見た光政は、はっとした。

「まさか、弟の口を封じたのはお前か」

「いいや、違う」

「がたがた騒ぐでない」

声がしたほうを光政が見ると、刺客の背後から荒島治武が現れた。起き上がろうとした光政だったが、又次郎に刀を向けられて動けぬ。

治武が見くだした面持ちで口を開く。

「おとなしく獄《ごく》におれば、国家老の慈悲《じひ》で天寿《てんじゅ》をまっとうできたものを、牢破りをするとは何ごとだ。おぬしたち兄弟はまことに愚かで、荒島一族の面汚《つらよご》しよのう」

「何を言うか。出世のための金欲しさに、藩の公金に手をつけたのは治武、おぬしではないか。伯父上《おじうえ》に頼まれたからこそ、わたしは荒島一族のために罪を被ったのだぞ」

「その父は、もうこの世におらぬ。今やあのことを知っておるのはおぬしだけだ。その口を封じれば、荒島一族はこれより家老の家柄として栄え続ける。一族を思うなら、ここでおとなしくあの世へ行け」

光政は笑った。

治武が頬を引きつらせ、鋭い目を向ける。

「何がおかしいのだ」

「おぬしのような者のために、罪を被った己に笑いが出る。つくづく、愚かだと思うてな。伯父上がおられぬなら、もはや、本家に恩はない」

光政は、手に隠し持っていた石を投げた。

額《ひたい》に当たった又次郎が驚いて下がり、治武とぶつかった。

光政はその隙《すき》に背後の斜面を転げ落ち、痛む胸に顔をしかめながら逃げた。

「追え！」

治武が怒鳴り、又次郎と五人の追っ手が斜面を滑り下りてくる。

光政は走り、町中を目指したものの、追っ手が迫ってくる。

獣道《けものみち》を逃げていた光政は、振り向きながら走っていたせいで足を踏みはずしてしまい、谷へ転げ落ちた。それが功《こう》を奏《そう》し、斜面に茂る草が追っ手から隠してくれた。

傷のせいで意識が遠のき、視界が霞《かす》む中、光政の目に駆け寄る影が見えた。

「気をしっかり持って」

「そ、その声は、かえでさんか」

光政は信じられず、目をきつく閉じ、ふたたび開いて見た。

かえでは光政の着物の前を開いて傷を確かめ、あたりを警戒している。その鋭い目つきは、光政が初めて見るものだ。

「かえでさん、やはり大将とおぬしは、ただ者ではないのだな」

「静かに。まだ追っ手が捜しています」

しばし様子を探っていたかえでは、光政に問う。

「動けますか」

「拙者はよいから、逃げてくれ。見つかれば、かえでさんも殺される」

かえでは聞く耳を持たず、捜す声に反応して身を伏せた。斜面に垂れ下がっている木の枝をゆっくり引き寄せ、上から見えないようにして、小声で言う。

「ここにいてはいずれ見つかります。胸の傷は骨に達していませんから、あきらめないで逃げて」

腕を引かれた光政は、弟の仇《かたき》を討つ気持ちを力にして立ち上がった。

谷底の獣道を逃げる二人の前に現れたのは、深編笠を着けた新手だ。

笠に見覚えがある光政は、かえでに気をつけるよう告げて前に出ようとしたが、先にかえでが出た。

対峙したかえでは、帯の後ろに隠している小太刀《こだち》を抜き、逆手ににぎって構えた。

深編笠を取った新手に、光政は目を見張った。弟隆政に直心影流を指南した、道場のあるじだったからだ。

「これでわかった。弦才、隆政を斬ったのはおぬしだな」

歳が四十の弦才は、薄く目を細めたが答えない。

光政は問う。

「なぜだ。あれほど弟を可愛がっていたおぬしが、なぜ弟を斬った。金か」

弦才はそれでも答えず、表情を一変させて抜刀した。

光政を守って立つかえでに鋭い目を向け、右手ににぎる刀の刀身を斜めに下げて迫る。そして、間合いを詰めたところで逆袈裟《ぎやくけさ》に斬り上げた。

かえでは小太刀で受け流したものの、弦才の左肘《ひだりひじ》で胸を突かれ、足が浮くほどの衝撃で飛ばされた。

倒れず踏ん張ったかえでは、痛がる顔をまったく見せず小太刀を構え、次はこちらの番だとばかりに迫る。

逆手ににぎる小太刀を振るって胸を斬らんとしたが、弦才は真顔で止め、その刹那《せつな》に肩透《かたす》かしを食らわせて、かえでの背中を狙って刀を振るう。

確かな手ごたえを得た弦才は、かえでを見てほくそ笑む。ところがかえでは、振り向いて小太刀を構えた。身に着けている鎖帷子《くさりかたびら》が守っていたのだ。

すると弦才は、猛然と出た。

打ち下ろす一刀を小太刀で受け止めたかえでだったが、怪力に押されて刀が肩に当たり、たまらず片膝をつく。

必死に抗《あらが》うかえでに、弦才は真顔で告げる。

「おなごは斬らぬ」

次の刹那、こめかみを殴られたかえでは意識が混濁《こんだく》しつつも後転して離れ、光政を守った。

よろけるのを耐えて頭を振るかえでだったが、眉間《みけん》に皺《しわ》を寄せてふたたび片膝をついた。

弦才は嬉々《きき》とした笑みを浮かべて口を開く。

「光政殿、このおなごはなかなか骨があるが、どこで拾うた」

「黙れ」

光政はかえでを守って前に立ち、脇差を構えた。

弦才が笑みを消し、猛然と出る。

光政は脇差で応戦したものの敵《かな》わず、傷ついている胸に肘を食らって飛ばされ、立とうとしていたかえでとぶつかって二人とも倒れた。

激痛に呻く光政に向かって、弦才は刀を振り上げた。

「これでしまいだ」

「待て！」

治武の声に応じた弦才は、光政の額すれすれのところで刀をぴたりと止め、真顔のまま離れた。

かえでは、光政に刀を向けた家来から小太刀を捨てるよう脅《おど》され、目をつむって地べたに置いた。

又次郎がつかみ取って投げ捨て、かえでに刀を向ける。

治武は光政の前に行くと、腰に帯びていた太刀を抜き、刀身を見せるように眼前に向けて告げる。

「これは、父が隆政に贈った備前長船《びぜんおさふね》だ。父は、お前に悪いことをしたと常々わしに嫌味を言うてばかりで、すっかり臆病風《おくびょうかぜ》に吹かれておった。隆政についてわは、よう黙って耐えておると褒めたあげくに、わしが受け継ぐべきこの太刀をくれてやったのだ」

光政は怒りに満ちた目を向けて叫んだ。

「黙っていた弟を、どうして殺した！」

「臆病な父のせいだ。この太刀は、荒島本家に代々伝わる物。それをこともあろうに、受け継ぐわしに相談もなく隆政ごときにくれてやったのだ。同じことをされれば、おぬしとて腹が立とう、のう、光政」

怒りと情けなさで、光政はきつく目を閉じ、声を絞《しぼ》り出した。

「たったそれだけの理由で、弟を殺したのか」

「たったそれだけとはなんだ。この太刀は、おぬしら兄弟の命よりもずっと価値があるのだから、取り返して当然であろう」

「どこまでも己のことしか考えられぬ者が家老では、藩の行く末は真っ暗だ」

「案ずるな、殿はわしを信頼しておられる。よう斬れるこの太刀で、楽に弟のところへ送ってやるゆえ、あの世で荒島家の繁栄を見ておれ」

治武が自らとどめを刺そうと太刀を振り上げた時、空を切って飛んできた手裏剣が腕を貫《つらぬ》いた。

「殿！」

三人の家来が守って立つ中、治武が呻いて腕から手裏剣を抜き捨て、怒りに満ちた顔であたりを見回す。

「何者だ！　出てこい！」

斜面の上から跳び、宙返りをしたのは小五郎だ。

かえでに刀を向けていた又次郎が目を見張った刹那、小五郎に顔を蹴られて飛ばされ、背中から落ちて気絶した。

「おのれ！」

斬りかかった二人目の家来の一刀を忍び刀で受けた小五郎は、腹に膝蹴りを食らわせ、呻いて腰をかがめた相手の背中に肘を落とした。

うつ伏せに倒れた相手の背中を踏みつけた小五郎は、光政を下がらせたかえでにうなずく。

「怪我は」

「わたしは大丈夫ですが、柏木殿が胸に傷を負われています」

「下がっていろ」

声をかけて現れたのは、藤色の着物を着た左近だ。

「新見殿、どうしてここに」

驚く光政に、左近は真顔で答える。

「今日は帰りが遅いと小五郎が申すゆえ、捜していたのだ。かえでの残した目印を追ってここに辿《たど》り着いた。話は、しかと聞いた」

左近に続き、小五郎が口を開く。

「柏木の旦那は手前に、人がよいとおっしゃいましたが、そのお言葉、そっくりお返ししますよ」

「おぬしら、いったい何者なのだ」

左近は笑ってみせ、悪党どもには厳しい顔を向けた。

徳川綱豊と知る由《よし》もない治武だが、身体から出る気迫に圧《お》されて怯《ひる》んだ。そして、家来たちに怒気《どき》をぶつける。

「何をしておる。斬れ！」

三人の家来が左近に刀を向けて迫る。

小五郎が左近を守って前に出ると、手裏剣を投げて一人を怯ませ、一足飛《いっそくと》びに斬りかかった。

左近は、向かってきた一人の家来が打ち下ろした一刀を、安綱を抜いて弾く。刀を飛ばされた家来は目を見張り、慌てて脇差を抜こうとしたが、左近に切っ先を突きつけられて息を呑む。

「おのれ！」

別の家来が斬りかかろうとしたが、相手を倒した小五郎が投げた手裏剣が肩を貫き、呻いて下がった。

左近は目の前の家来を峰打《みねう》ちで昏倒させ、残る治武と弦才に厳しい目を向けた。

治武は下がり、弦才が出て告げる。

「この前のようにはいかぬと思え」

弦才は左近を睨み、右手ににぎる刀を斜めに下げた刹那に、気合をかけて迫った。

逆袈裟に斬り上げる切っ先を下がってかわした左近に対し、弦才は地を蹴って跳び、鋭く突いてきた。

足を横に運んで突きをかわす左近は、冷静な目を弦才から離さぬ。

弦才は鼻筋に皺を寄せて苛立ち、正眼に構えて気合をかけた。

ここでようやく安綱を両手でにぎった左近は、切っ先を下げ、刀身の腹を相手に向ける構えを取る。

まったく隙のない左近の構えに、弦才は額から汗を流した。

一拍の間ののち、弦才は無言で前に出る。

左近も同時に動いた。

弦才が一瞬速く刀を打ち下ろし、左近の額を捉《とら》えると思われたその時、安綱で弾き上げられ、はっとする間もなく右肩を峰打ちされた。

骨が砕《くだ》ける音と、弦才の呻き声が重なった。

たまらず膝をついた弦才の前に、小五郎に腹を蹴られた治武が下がってきた。

治武は左近を睨み、太刀を振り上げて斬りかかるも、小手を打たれ、自慢の太刀を落として目を見張る。

「ま、待て、斬るな。わしは高竹藩の家老だ。厄介なことになるぞ」

左近は何も応《こた》えず備前長船を奪い、光政に差し出して告げる。

「無念を晴らすがよい」

傷の痛みに耐えた光政は、左近から太刀を受け取り、治武と弦才に怒りをぶつける。

「弟夫婦の仇、覚悟！」

弟を手にかけた弦才を斬った光政は、すぐさま治武に向けて太刀を振り上げる。

だが、伯父のために力を尽くせという亡き父の声が頭の中で聞こえた光政は、容姿が伯父にそっくりな治武を斬れなかった。

その一瞬のためらいを見逃さないのが治武だ。目の前に倒れている弦才の脇差を抜き、太刀を振り上げて動けぬ光政の腹をめがけて突き出す。

光政は横にそれて切っ先をかわし、反射的に太刀を打ち下ろした。

治武の首筋から噴き出る血を呆然《ぼうぜん》と見つめた光政の脳裏《のうり》に、亡き父と伯父が生きていた頃の、本家と分家が仲よく付き合っていた思い出が走馬灯《そうまとう》のように駆けめぐった。同時に、荒島家の血が喪《うしな》われたのだと思い、こころが重く沈んだ。

光政は太刀を捨て、両膝をついて治武の手から脇差を取った。

「新見殿、介錯《かいしゃく》をお頼み申す」

背後にいる左近に告げるなり、脇差を腹に突き刺そうとした光政だったが、左近に後ろ首を手刀《しゅとう》で打たれ、横向きに倒れた。

気を失った光政を見下ろした左近は、小五郎に顎を引く。

応じた小五郎は、光政を軽々と背負い、かえでと共に煮売り屋に引きあげた。

六

父と弟が笑い、何か言ったが声は聞こえない。

問い返した己の声で、光政は目をさました。見覚えのある天井板に、はっとして起きようとしたが、肩を押さえられた。見知らぬ男が、微笑んでうなずく。

「もう大丈夫ですぞ。傷は痛みましょうが、十日もすれば起きられます」

光政は足下《あしもと》に目を向けたが、他には誰もいない。

「ここは、煮売り屋ではないのか」

「煮売り屋です。小五郎殿とかえで殿は、先ほどまでおりましたぞ」

下からは、権八の笑い声が聞こえていた。行灯《あんどん》の明かりが、夜だと教えてくれる。

「そなたは医者か」

「はい。西川東洋《にしかわとうよう》と申します。以後、お見知りおきを」

「かたじけない」

死にぞこねたが、夢に出てきた父と弟が生きよと言ってくれていたのだと今になって気づいた光政は、きつく目を閉じた。

「お辛い目に、遭《あ》われましたな」

「かえでさんから聞いたのか」

「新見様にご報告されるのを耳にしました」

「ご報告か。やはりあの三人は、ただ者ではないようだな。知っているなら、教えてくれぬか」

「今からわかりましょう」

東洋はそう告げ、部屋を出ていった。

程なく、段梯子《だんばしご》を上がる音がして、左近と小五郎が来た。

小五郎が下座に控え、左近が枕元に正座した。

「気分はどうじゃ」

光政は微笑む。

「おかげで、首が痛い」

「許せ。そなたを死なせるのはあまりに惜しいと思い、咄嗟に身体が動いた」

「今は、感謝しております」

「そなたはうなされながら、誰かに詫びていた。本家の血を絶やしたことを、悔《く》やんでおるのか」

「今は、そうは思いませぬ。父と弟が、夢に出て笑ってくれましたから。されど、治武を殺してしまった以上、一生追われる身です」

「牢破りをする際に、人を殺《あや》めたのか」

「いえ。拙者を哀《あわ》れに思い、逃がしてくれた者がおります」

「では、その者のためにも生きよ。今でも、田畑を耕したいと思うておるのか」

「はい」

「では、傷が癒《い》えたらこれを持って甲府《こうふ》へゆけ。国家老には、余から話を通しておく」

甲府の名と左近の口ぶりに驚いた光政は、小五郎を見た。

すると小五郎は顎を引き、告げた。

「甲府藩主、徳川綱豊様です」

驚愕《きょうがく》し、起きようとした光政を制した左近は、真顔で書状を渡した。

「余の代官《だいかん》が人を欲しがっておる。禄は少ないが、甲府はよいところぞ。どうだ、柏木謙八郎として、やりなおしてみぬか」

暗に荒島の名を捨てよと言われた光政は、左近の慈愛《じあい》に触れて目頭《めがしら》が熱くなり、顎を引いた。

「横になったまま申しわけありませぬ。甲州《こうしゅう》様のご恩は、生涯をかけてお返しいたしまする」

「余ではなく、甲府の民のためになってくれ。期待しておるぞ」

「はは。必ずや、お応えいたしまする」

目尻を拭《ぬぐ》う柏木謙八郎は、ひと月後に江戸を離れた。そして、左近が見込んだとおり、代官の下で民のために励み、領地の発展に一生を捧《ささ》げたのだ。

いっぽう、荒島家については、藩は治武を見捨て、出奔《しゅっぽん》したと公儀に届けていっさいの関わりを断《た》った。これにより治武とその一味は、仲間同士の争いによって命を落としたとして処理され、寺社奉行の記録にも残されなかったのである。

第三話　不穏《ふおん》な噂《うわさ》

一

元禄《げんろく》十二年（一六九九）の九月六日は、いわゆる勅額火事《ちょくがくかじ》からちょうど一年になる。

この日は朝から、江戸市中のいたるところで死者の霊をなぐさめる法要が行われた。

新見左近こと徳川綱豊も、将軍綱吉と共に将軍家菩提寺《ぼだいじ》の寛永寺《かんえいじ》におもむき、法要に参列した。

およそ三千人もの死者を出した大災害だけに、法要は大がかりなものとなった。取り仕切るのは例によって、柳沢保明だ。

なんの手抜かりもない完璧な采配《さいはい》ぶりで、法要の終わりには綱吉からお褒《ほ》めの言葉を賜《たまわ》った柳沢は、左近にも珍しく穏やかに接し、余裕さえうかがえる。

また柳沢は、江戸市中の復興にも辣腕《らつわん》を振るい、町中に焼け跡を見ることはほぼなくなっている。避難先の寺で不自由な暮らしをしていた民も、今はほぼいなくなり、残っているのは、住む場所にこだわる者か、家族を喪《うしな》い、生きる希望を未《いま》だに見出《みいだ》せぬ者たちが、仏に救いを求めているのだ。

法要が終わり、左近は、柳沢と、復興に関わる公儀の者たちにねぎらいの言葉をかけ、綱吉と共に城に戻った。

大手門《おおてもん》から入る綱吉の駕籠《かご》と別れた左近の行列は、西ノ丸大手門に向かって堀端を進む。御殿の居室に戻ると、又兵衛がさっそくこぼした。

「柳沢殿は、得意満面でしたな。こたびばかりは、それがしも感服いたしました」

小判改鋳《かいちゅう》による物価の高騰《こうとう》は続き、民の暮らしはますます厳しくなっているとはいえ、復興需要もあり、江戸の町は活気づいている。

そこに大がかりな法要がおこなわれたことで、

「やっぱり将軍家のお膝下《ひざもと》だ。江戸は大丈夫」

「あきらめずやろうじゃないか」

中には入れずとも、気持ちだけでも法要に加わるべく黒門《くろもん》前に押し寄せた町の者たちの歓心を集めた。

　又兵衛は、そんな町の者たちを目の当《ま》たりにして感動しているのだ。

　目尻を拭《ぬぐ》った又兵衛は、ため息まじりに述べる。

「まったくもって、ひどい火事でした。それがしの知り合いも何人か命を落としておりますから、あのような災厄《さいやく》は、二度と起きてほしゅうないものです」

　左近は同調し、告げる。

「火除地《ひよけち》も増え、大名《だいみょう》火消《びけ》しも増やされているが、一番は各々《おのおの》のこころの持ちようだ。この教訓を忘れず、火の始末に努めなければならぬ」

「おっしゃるとおり。一人一人の普段のこころがけが、もっとも大事ですな」

　又兵衛の横に座している間部《まなべ》詮房《あきふさ》が、真顔で口を開く。

「火事の焼け跡はほぼなくなりましたが、先月関八州《かんはっしゅう》を襲った嵐の傷跡は、まだ多く残っているように見受けられました」

　左近はうなずいた。間部が言うとおり、暴風雨によって被害が出ている。城での行事の際には、諸侯から国許《くにもと》の被害が報告されており、関八州のみならず、西《さい》国《ごく》でも被害が出ているという。

　間部は続ける。

「新井白石殿《あらいはくせき》は、暴風雨による田畑の被害の大きさと、それに伴《ともな》う飢饉《ききん》を案じております」

左近は応じた。

「稲《いね》の刈り入れが終わる頃ゆえ、諸国から正式な被害の知らせが届くであろう。甲府は運よく被害が少なかったが、幕府のご領地と、諸藩の被害も少なければよいが」

すると又兵衛が、渋い顔をした。

「火事からの立て直しがようやく先が見えた時に新たな被害ですから、まったくもって、運が悪い」

間部が続く。

「白石殿は、桂昌院《けいしょういん》様が神仏への信心が足りぬとおっしゃり、また新たな寺院を建立《こんりゅう》されるのではないかと、そのことも案じておりました」

左近はうなずく。

「ない話ではない。しかしここで大金を注ぎ込めば、江戸の民が騒ぐのは火を見るより明らか。上様が許されまい」

「だとよろしいですな」

又兵衛は心配そうだ。

左近は告げる。

「いずれにせよ、余《よ》は政《まつりごと》に口出しできぬ。ここは、柳沢に期待するしかあるまい」

又兵衛が応じる。

「城では飢饉の噂《うわさ》がございます。火事からの立て直しで大金を使《つこ》うておりますから、皆案じておるのでしょう。柳沢殿は、頭が痛いでしょうな」

「飢饉の噂が、もうあるのか」

又兵衛はうなずいた。

「本日の法要の席でも、あちらこちらから案じる声が聞こえてまいりました。実際に米の収穫が終わって蓋《ふた》を開けてみねばわかりませぬが、不作は避けられぬようです」

「諸侯が領民に救いの手を差し伸べればよいが」

案じる左近に、又兵衛は唇《くちびる》を一文字に引き結んだ。

左近は廊下に出て空を見上げ、胸の中で世の安寧《あんねい》を願った。

後日、西ノ丸のあるじとしての役目を城で果たした左近は、久しぶりに藤色の着物を着け、一人で市中へくだった。

法要から五日後のことで、米の不作による混乱が町で生じていないか案じながら本所に渡り、昼前に岩城道場を訪ねた。

門の前で待っていたのは、泰徳の師範代を務める西崎《にしざき》一徳《いっとく》だ。笑顔で頭を下げ、中へ誘いながら告げる。

「皆様お待ちかねです」

「遅くなった」

「いえ。今日は門弟一同、楽しみにしておりました」

左近は微笑《ほほえ》み、道場へ入った。

門弟たちは左右に分かれて座し、見所《けんぞ》には泰徳の他に、奥田孫太夫と堀部安兵衛の姿があった。

赤穂藩の二人と会うのは偶然ではなく、夏に安兵衛から立ち合いを申し込まれて以来実現しておらず、泰徳の計らいで、今日という日を約束していたのだ。

左近は避けていたわけではなく、暇《ひま》が取れなかっただけで、むしろ、葵一刀流を極める者として、江戸を騒がせた堀部安兵衛がどのような遣《つか》い手《て》なのか楽しみにしている。

左近と安兵衛は、あいさつもそこそこに道場の中央に進んだ。互いに一礼して、木刀を正眼《せいがん》に構える。

安兵衛は無言のまま、ためらうことなく打ち込もうとした。

それを察知した左近は一瞬速く左に足を運び、安兵衛の喉元《のどもと》に切っ先を突きつける。

目を見張って下がった安兵衛は、楽しそうな面持《おもも》ちに変わり、右手ににぎる木刀の柄頭《つかがしら》に左手を添えて刀身を右に倒し、刃《やいば》を左近に向ける構えを取った。

左近は正眼の構えで応じ、次は先に出る。

幹竹割《からたけわ》りに打ち下ろす一刀を、安兵衛は横に寝かせていた形のままで受け止め、瞬時にすり流して左近の胴を打つ。

だが、左近は木刀を逆さにして受け止め、打ち抜ける安兵衛に向いて打ち下ろす。

激しく木刀がぶつかり、両者の剣気が緊迫となって広がる。

道場の空気はぴりっと引き締まり、見物の門弟たちは、固唾《かたず》を呑《の》んで見ていた。

間合いを取った安兵衛の表情から余裕が失《う》せ、額《ひたい》に汗を流している。

対する左近も、珍しく額に汗を浮かべていた。

安兵衛はふたたび刀身を右に寝かせ、左手を柄頭に添える構えを取った。

左近は正眼から刀身を下げ、腹を相手に向ける。

「やあ！」

気合をかけた安兵衛が、誘うべくぴくりと動いた。だが、左近は真顔のまま動じない。それでも安兵衛は、左近の剣気をいち早く察知し、動くと見たに違いない。両者ほぼ同時に、攻撃に転じた。

木刀が激しくぶつかり、安兵衛は次こそ逃すまいとすり流し、左近の胴を打つ。

それは一瞬の間だ。

左近の胴に当たるはずの木刀は上から打たれ、はっと目を見張る安兵衛の眼前に、左近の切っ先がぴたりと止められている。

「そこまで！」

泰徳が勝負ありを告げ、左近と安兵衛は木刀を下ろした。

一礼して下がったところで、門人《もんじん》たちからどよめきが起きた。それほどに、二人の太刀筋《たちすじ》が凄《すさ》まじかったのだ。

孫太夫が、左近の勝利に満足そうな顔をしている。

その孫太夫のところに戻った安兵衛が、ため息まじりに告げる。

「まったく歯が立ちませぬ。新見殿は、ただ者ではありませぬぞ」

左近と泰徳の耳にも届いたが、そっと目を見合わせて、聞こえないふりを決め込んだ。

すると、孫太夫と安兵衛が揃《そろ》って左近の前に来て正座した。

安兵衛が白い歯を見せる。

「いやあ、まいりました。新見殿はお強い。それがしは、いい気になっておりました」

左近は微笑む。

「その油断のおかげで勝てました。真剣ならば、どうなっていたことか」

安兵衛と剣を交《まじ》えた左近は、安兵衛と同じく堀内道場四天王の一人と言われている孫太夫はどれほどのものか興味が湧《わ》いた。

孫太夫が口を開く。

「安兵衛を負かしたことは、しかと殿にお伝えします。赤穂藩きっての腕を持つ安兵衛が負けたと知られれば、殿はきっと驚かれますぞ」

左近が仕官するつもりはないと言おうとした時、孫太夫が悔しそうに付け加えた。

「赤穂の国許が暴風雨に襲われておらねば、殿は新見殿を召し抱えよとおっしゃったはず。あの雨が恨《うら》めしい」

「大きな被害が出たのですか」

問う左近に、孫太夫と安兵衛は揃ってうなずく。

安兵衛が言うには、赤穂も田畑のみならず、藩の要《かなめ》とも言える塩田《えんでん》に被害が出ていた。

藩の倹約に熱心な藩主浅野内匠頭《あさのたくみのかみ》は、米の不作を知るとただちに領民を助けるべく動き、場合によっては、蔵米《くらまい》の備蓄《びちく》を出すよう下知《げち》したという。

孫太夫が、申しわけなさそうな顔で告げる。

「そういうわけで新見殿、今年の仕官は無理だ。来年まで、待っていただきたい」

「奥田殿、気になされますな。おれは仕官する……」

「あいや待たれよ」孫太夫はその先を言わせぬ。「おぬしにはなんとしても、赤穂藩に来ていただきたい。これは、それがしの気持ちです」

小判を包んだと思《おぼ》しき白い紙包みを差し出された左近は、困った顔をした。

「そのような気遣いをされては、次から会いにくくなります。どうか、お下げくだされ」

孫太夫は手を下げようとしなかったが、安兵衛が包みを取り、孫太夫の懐《ふところ》にねじ込んだ。

「新見殿が困っておられますから、もうこの話はやめにしましょう」

孫太夫は残念そうだったが、安兵衛に従い、左近に詫《わ》びた。

「新見殿、これに懲《こ》りず、また会《お》うてくだされ」

「むろんです」

「今日は飲みたい気分だが、ゆっくりしておられぬ。またの日に、煮売り屋で飲みましょう」

孫太夫はそう告げて立ち上がり、安兵衛と藩邸に帰っていった。

見送った左近は、泰徳に苦笑いを向けた。

「このままでは、赤穂藩に引きずり込まれそうだな」

冗談めかしてこぼす左近に、泰徳は真顔で応じる。

「はっきり教えたらどうだ」

「明かせば、あの二人は二度と同じように接してはくれまい」

「確かに、それはあり得る。だが今の調子では、言わねばならぬ時が来るのではないか」

「藩侯がうんと言わぬのを願う」

泰徳は探る眼差しで笑みを浮かべる。

「二人を気に入ったようだな」

左近は笑った。

「どうやら、そのようだ」

その夜は道場に泊まり、泰徳とゆっくり酒を酌《く》み交《か》わしながら、本所の様子などを聞いた。大火から一年が過ぎ、先月は暴風雨に見舞われたものの、本所と深川はたくましく発展を続けている。だが、収穫の時季を迎えた米の不作を伝える声が町にも広がり、金に余裕がある者たちのあいだで買い占《し》めがはじまっているという。

「お滝《たき》も、食べ盛りの雪松《ゆきまつ》にひもじい思いをさせたくないと申して、米を手に入れに走ったのだが、高くて欲しいだけ買えなかったそうだ」

不作の噂が広まったことで、米屋が値を上げているのだという。

「悪い兆《きざ》しだな」

こぼす左近に、泰徳が酒をすすめながら言う。

「奥田殿が申していたが、上方《かみがた》では、江戸にも増して米の値が跳ね上がっているらしい。町中で打ち毀《こわ》しが起きるのではないかと案じていた」

左近は泰徳の言うとおりだと答え、市中の混乱を案じた。

夜更《よふ》けまで泰徳と語り合った左近は、翌朝には新井白石の私塾を訪ねた。

ここでも、塾生たちの関心は不作による飢饉の発生に向いており、それに伴い江戸の町が荒れるのではないかという意見が飛び交《か》った。

弟子の多くは旗本だけに、物価高騰による暮らしの悪化から、悪に手を染める町の者が増えるのを懸念《けねん》しているのだ。

これに対し白石は、厳しい意見を述べた。

「旗本たるもの、不穏《ふおん》な噂に振り回されてはならぬ。そうやって武家の者が不安がれば、民はより不安になり、米の買い占めに走るのだ。特に関八州一帯はまだ収穫されておる最中なのだから、はっきりせぬうちに騒ぐのはようないぞ」

弟子たちは皆、白石の言葉を胸に刻《きざ》んだようで、以後は不安を口にしなくなった。

　こうして半日の講義を終え、弟子たちを送り出した白石であるが、左近と二人きりになると、身を乗り出すようにして問う。

「殿、弟子たちにはあのように申しましたが、実のところは、どうなのですか」

　左近は目をしばたたかせ、白石に微笑む。

「昨日まで城の行事に関わっていたが、飢饉の話はまだ出ておらぬ。だが、上方では米の値が上がっているらしい。そのうち江戸でも、今より米の値が上がると思われる」

「各地で悲惨な飢饉が起きなければよいですな」

　広い視野を持つ白石の懸念は、日ノ本の百姓たちに向いている。武家が無理な年貢の取り立てをすれば、いの一番に飢《う》えるのは百姓たちであり、悪くすれば一揆《いっき》が起き、さらに悲惨な事態になるからだ。

　白石は、渋い顔をして続ける。

「不穏な噂といえば、もうひとつ気になることを耳にしました」

「なんだ」

「一年前の大火の中、人を攫《さら》う者がいたという噂です」

「混乱に乗じて、悪事を働いたと申すか」

「ここに通っている旗本の息子が、娘を攫われた旗本があるという噂を耳にしたと申しておりました」

「旗本ならば、娘の名誉のために事実を表に出すまい。根も葉もない噂ではないのか」

「それがしもそう申したのですが、旗本のあいだでは、噂が広まっているそうです」

「柳沢はそのような話は出さなかったが、火種《ひだね》があるなら心配だな。どの家か申していたか」

「いえ、そこまではわからないようです」

「では、気にとめておこう。そなたも、目を向けておいてくれ」

「承知しました」

「旗本の名がわかれば、西ノ丸に一報をくれ」

「はは」

左近は立ち上がり、白石の見送りを受けて私塾をあとにした。

二

西ノ丸に帰ると、天新堂の隠居の万庵が待っていた。

左近の居室に案内されてきた万庵は、平伏《へいふく》し、遠慮がちな笑みを浮かべて述べる。

「ご機嫌麗《うるわ》しゅう、祝着至極《しゅうちゃくしごく》に存じます。本日は西ノ丸様に茶を一服さしあげたく、厚かましくも参上いたしました」

左近は疑う面持ちをする。

「寛一は、おとなしゅう働いておるか」

万庵は口を開けて目を見開き、苦笑いを浮かべた。

「その節は、大変ご無礼をいたしました」

左近は笑った。

「冗談だ。一服馳走《ちそう》になろう」

「はは」

「又兵衛、そなたもまいれ」

誘って三人で茶室に入り、久しぶりに万庵の茶を味わった左近だったが、ふと又兵衛が気になった。いつもなら万庵の茶を喜ぶはずの又兵衛が、心配ごとがあるのか、うわの空の様子だ。

万庵も気づいたらしく、不思議そうな顔で茶碗を引き取り、左近を見てきた。

左近は気を回し、この場は話題を変えた。

「万庵、建てたばかりの店に暴風雨の被害はなかったか」

万庵は微笑んだ。

「はい。おかげさまで、屋根瓦《やねがわら》一枚とて飛ばされませんでした」

「それは何より。噂で米の値が上がっていると聞いたが、紙はどうだ」

「風と雨で障子や襖《ふすま》が傷《いた》んだ家が多く、よう売れておりますが、材料の値は上がっておりませぬ。ただ、台所をまかせている者からは、米だけでなく、味噌《みそ》の元となる大豆《だいず》の値も上がっていると聞いてございます」

左近は真顔でうなずいた。

万庵が探るような目つきで問う。

「お琴様から、お聞きになられましたか」

「いや、剣友からだ」

「西ノ丸様は、市中にお知り合いが大勢いらっしゃるご様子。手前も末席に加えていただければ、あの世に行った時、女房に自慢できます」

「まだ早かろう。今日はよい茶だった。また気が向けば、いつでもまいれ」

万庵は明るい顔をした。

「よろしゅうございますか」

「そなたのことだ。断っても押しかけよう」

左近が笑うと、万庵も満面の笑みを浮かべて頭を下げ、早々に帰っていった。

口では、左近の気が変わらぬうちに退散するなどと言っていたが、又兵衛の様子を見て気を遣ったのだ。

左近は又兵衛と向き合い、改めて問う。

「又兵衛、いかがした」

「申しわけありませぬ」

「あやまらなくともよい。何か心配ごとがあるなら申してみよ」

又兵衛は居住まいを正した。

「実は、三宅兵伍《みやけひょうご》の友人の妹が、火事の混乱で行方がわからなくなり、家の者は死んだものとあきらめ、一周忌《いっしゅうき》の法要もすませておりました。ところがつい昨日、町で見たという者が現れたのです」

「それはよかったではないか」

声に出すと同時に、白石の言葉を思い出した左近だったが、不吉な言葉を呑み込んだ。

又兵衛は下を向いたまま、憂《うれ》いを露《あら》わにする。

「兵伍が申しますには、妹は男に連れられて歩いていたらしく、見かけた者は声をかけようと追ったのですが、舟に乗せられたため助けられなかったそうです」

「それは心配だな。兵伍も捜しているのか」

「はい」又兵衛は深刻な面持ちで告げる。「その兵伍が、よからぬ噂を耳にしたと申します」

「どのような噂だ」

「火事が起きた当時、若いおなごばかりが忽然《こつぜん》と姿を消していたそうなのです」

左近は無言で顎《あご》を引いた。

又兵衛が続ける。

「当時、市中は混乱しておりましたから、火事の恐れと重なって、神隠しに遭《あ》ったのだという噂が広まっていたようなのですが……」

口を閉じてしまう又兵衛に、左近は改めて問う。

「巷《ちまた》にある噂を、又兵衛は知っているのではないか」

又兵衛は驚いた顔をした。

「殿もご存じでしたか」

「今朝白石から聞いたばかりだ。又兵衛からも聞き、おなごたちの身によからぬことが起きているのではないかと案じずにはいられない。西ノ丸の諸事は間部に託し、兵伍の友の力になるがよい」

いつもなら拒《こば》む又兵衛だが、素直に応じた。

「では、お言葉に甘えてご無礼つかまつります」

元大目付《おおめつけ》の勘が、悪の臭《にお》いを嗅《か》ぎつけているに違いない。又兵衛は頭を下げ、足早に出ていった。

それから左近は、吉報を待ちながら過ごしたのだが、二日経《た》ち、五日が過ぎても、よい知らせはなかった。

左近は、友の妹を案じて捜し続けている兵伍のために甲府藩からも人を出し、当時の様子などを調べさせたが、火事の混乱のせいで、これといったものは得られなかった。

兵伍の友人は、無役の御家人、中津伝八郎《なかつでんぱちろう》。妹は名をひかりと言い、姿を消した当時はまだ十八歳だった。

父と母を病《やまい》で喪っている伝八郎は、まだ幼《おさな》かったひかりを親がわりに育て、とても可愛がっていたという。

兵伍と伝八郎は幼い頃からの道場仲間で、兵伍が勤めで忙しくなる前は、互いの屋敷を行き来するほど仲がよかったらしい。

探索に加わっている早乙女《さおとめ》一蔵《いちぞう》から、伝八郎の今の様子を聞いた左近は、気の毒に思い、告げた。

「近侍《きんじ》四人衆の力を合わせて、必ず見つけ出せ」

「はは」

「小五郎」

左近の声に応じた小五郎が、一蔵の背後で片膝《かたひざ》をついた。

「一蔵と共に行き、中津の妹を捜してくれ」

「承知しました」

小五郎と一蔵は顔を見合わせてうなずき合い、左近の前から去った。

三

見つかったという知らせが来ぬまま日が過ぎ、西ノ丸にある銀杏《いちょう》の葉が色づいた。本丸御殿からの帰り道、左近は綱吉から言われた言葉を思い返していた。

江戸市中は懸念された大きな混乱は起きていないものの、暴風雨による米の不作はゆっくりと不穏な空気を広め、物価の高騰が止まらない。綱吉は、これから市中の治安が悪化するのではないかという憂いを、左近にこぼしたのだ。

昨年の大火以来、江戸市中の治安が悪化しているのも確かだと柳沢が告げ、公儀は今、御先手組《おさきてぐみ》に命じて警戒を強めているとも付け加えた。綱吉と柳沢が案じているのは、大坂をはじめとする上方で押し込み強盗や金目当てのかどわかしが増えており、そのうち江戸にも広がるのではないかという不安を拭えぬからだった。

そうならぬために御先手組の見廻りを強化したが、市中の犯罪は徐々に増えており、左近の身を案じる綱吉は、あまり出歩かぬよう告げてきたのだ。

むろん、鶴姫を思うてのこと。

左近の身に何かあれば、世継ぎの座を狙う者の目が鶴姫に向けられる。愛娘《まなむすめ》の暗殺を恐れる綱吉は、あまり、とつけたものの、本心は左近に一歩も出歩いてほしくないのだ。

どうしたものか考えながら西ノ丸に戻ると、小姓が居室に来た。

「殿、新井白石殿から火急の知らせにございます」

告げて差し出した文《ふみ》を又兵衛が受け取り、着替えを終えたばかりの左近に渡した。

首を伸ばしてのぞき見ようとしていた又兵衛が、文を読み終えた左近が顔を向けると居住まいを正し、案じる面持ちで問う。

「何ごとですか」

「急ぎ来いと申しておる。何かあったのやもしれぬ」

立ち上がる左近に、又兵衛が慌《あわ》てた。

「殿、上様のお言葉をお忘れか」

「出るなとは言われておらぬ」

左近は微笑みながら居室を出ると、藤色の着物に無紋《むもん》の黒羽二重《くろはぶたえ》、鼠色《ねずみいろ》の袴《はかま》姿《すがた》で西ノ丸をくだった。

舟を使って大川《おおかわ》を渡り私塾に行くと、白石と泰徳が待っていた。

白石が神妙な態度で、急な呼び出しを詫びた。

左近はよいと言い、泰徳に顔を向けた。

「何かよからぬことがあったからか」

泰徳はうなずき、白石が答える。

「見ていただきたい者がおります」

別室に促《うなが》されて行くと、そこには、痩《や》せ細った若い女が布団で眠っていた。

「朝私塾に来た時、中で倒れていたのです」

頬《ほお》がこけた女は、息をしているのだろうかと思うほど顔に血の気がない。

「どこの娘だ」

問う左近に、白石は首を横に振って告げる。

「この者は一度目をさまし、何かを訴えようとしたのですが、言葉が聞き取れませぬ。診《み》てもらった町医者が申しますには、何者かに舌を切られているらしく、しゃべれないのはそのせいだそうです」

「むごいことをする」

「まだ血が完全に止まってはおりませせぬので、この先どうなるかは、なんとも言えぬそうです」

そう告げる白石に、左近は紙に書かせてはどうかと提案した。

白石はすでに試していたらしく、ため息まじりに述べた。

「読み書きもできませぬので何もわからぬのですが、身なりと化粧の具合から、客を取っていたのかと問いますと、娘はひどく泣き、また気を失ってしまったのです。ろくに飯も与えられておらなんだようで、身体を調べた医者が、ひどい仕打ちをされた傷跡があると申しておりました」

「生きられるのか」

白石は渋い顔をした。

「医者がおるあいだに目をさましましたので、粥《かゆ》を与えようとしましたが、口の中が痛いのか、それとも生きる気力がないのか、食を拒みます。とにかく落ち着かせるために、今は眠り薬で眠らせております。殿にご足労願いましたのは、間部殿からうかがっていた人攫いに、この娘が通じるのではないかと思うたからです」

左近は女を見た。

「十分あり得る。今は無理をさせず、このまま一晩眠らせるがよい」

「承知しました」

「泰徳を呼んだのは、追っ手を案じてか」

「はい」

左近は泰徳に顔を向けた。

「すまぬが、おれは一度戻らねばならぬ。明日の朝まで頼めるか」

「わかった。追っ手が来れば捕らえる」

左近は解決することを期待し、女が目をさましたあとの考えを伝えて西ノ丸に戻った。

待ち構えていた間部が、白石の用を問うてきた。

左近は詳しく教え、明日から留守にすると告げて、残っていた書類に目を通した。

間部の手を借りつつ藩主としての務めを進め、朝方終えた。

「これでよろしゅうございます」

間部は安堵《あんど》した様子で、さっそく国許へ送ると言って下がろうとしたものの、真剣な面持ちを向けてきた。

「殿、市中は荒れておりますから、くれぐれもお気をつけください」

「悪党がはびこっておれば、潰すまでだ」

左近は厳しい顔で告げ、休む間もなく私塾へ向かった。

着いた頃には、すっかり日がのぼっており、本所は人通りが増していた。

私塾の戸口で声をかけて上がると、警固《けいご》に残ってくれていた泰徳が、真面目な顔で顎を引く。

「娘は追っ手をうまくかわしていたらしく、何ごともなかった」

解決はしていないものの、左近は安堵した。

「それはよかった。白石は」

「奥の部屋だ」

左近が行くと、女は目をさましており、顔色も昨日よりはよくなっていた。

初めて見る左近に、女は怯《おび》えたような顔を向けた。

それを見た白石が、穏やかに口を開く。

「心配するな。このお方も、強いお味方だ」

女は表情を和《やわ》らげ、布団に座したまま左近に頭を下げた。

泰徳が左近に告げる。

「おぬしが申したように伝えたところ、承知してくれたぞ」

左近は、逃げてきた場所に案内するよう、泰徳に説得させていたのだ。

女は左近を見てきた。

左近が頭を下げる。

「辛《つら》いところ、無理をさせる。そなたがいた場所に、おれの知り合いの妹が捕らえられているかもしれぬのだ」

女は決心した面持ちで顎を引き、立ち上がった。赤い着物の前を整えて、左近をちらと見て廊下に出ていく。

左近は白石を残し、泰徳と二人で女に案内させた。

「ゆっくりでよい。辛ければすぐに言うのだぞ」

声をかける泰徳に真顔でうなずいた女は、唇を嚙《か》みしめて前を向き、恨みに満ちた眼差しをした。前のめりになって歩む姿は痛々しく、ふらつくのを泰徳が腕をつかんで支えた。

「やはり、歩くのは無理であろう。駕籠を使おう」

すると女は、激しく首を横に振り、手を振り払って歩きはじめた。

「よほど腹に据《す》えかねておるようだ」

左近の言葉に、泰徳が応《こた》える。

「案内の話を持ち出した時、あの娘はすぐに応じて、おれの腕にしがみついた。

恨みを晴らしてほしいのがありありと伝わったぞ」

「では、望みを叶《かな》えてやろう」

左近は女が転ばぬよう横についた。

顔を向けた女は、意志の強そうな面持ちで前を向き、歩みを進める。やがて大《おお》横川《よこがわ》を越えて向かったのは、亀戸村《かめいどむら》にある朽《く》ちかけた武家屋敷だった。あそこだと指差す女に応じて、左近と泰徳は、開けられたままになっている表門から足を踏み入れた。

草が生《は》えた庭は、獣《けもの》が出そうなほど荒れている。母屋《おもや》に近づいてみたが、人がいる気配も、物音すらもしない。

中にも人気《ひとけ》はなく、ただの空き家だった。

泰徳に守られて入った女は、そんなはずはない、という顔で何度も首を横に振り、左近の手を引っ張って外に出た。そして、違う道に歩んでゆく。

「別の場所があるのか」

左近の問いにこくりとうなずいた女は、気が焦《あせ》っているのか歩みを速めた。弱っている身体が持つはずもなく、途中で倒れそうになるのを泰徳が支えてやり、無理をするなと告げるも、女は言うことを聞かぬ。

泰徳はとうとう女を背負ってやり、方向を指差せと告げて案内に従った。

女を背負ったまま四半刻《しはんとき》（約三十分）ほどで辿《たど》り着いた先は、海辺の空き家だった。

そこにも誰もおらず、下ろされた女は、途方に暮れた顔で立ち尽くした。

泰徳が左近に告げる。

「どちらも町にそう遠くない。何者か知らぬが、場所を移動しながら、おなごたちに客を取らせているに違いない」

左近は女に問う。

「そなたと同じような目に遭わされている者が、他にもいたか」

女は力強くうなずく。

「何人おる」

すると女は必死な面持ちで両手を広げ、大勢だと教えた。

左近がさらに問う。

「もうひと踏ん張り、そなたが攫われた場所に案内できるか」

女は左近の目を見て顎を引き、先に立って歩きはじめる。

泰徳が前に行ってしゃがみ、

「おぶされ」

と促すと、女は遠慮なく身体を預けた。

指を差すのに従って半刻（約一時間）ほどかけて向かった先は、焼け落ちた両国橋《りょうごくばし》の袂《たもと》だ。女は手振りで、ここで捕まったと伝え、そこから、まだ普請《ふしん》が続く町中を示した。

泰徳が従って歩みを進め、堀端に来たところで女は背中をたたき、下ろしてくれと伝えた。

地に足を着けるなり、左近に向かって腹を打たれる真似《まね》をしてみせ、あとは覚えていないと伝えるべく首を横に振る。

泰徳が、荷船が行《ゆ》き交《か》う堀川を見つつ口にする。

「舟で連れていかれたようだな」

しゃべれぬうえに、字が書けない女は、いつ攫われたのか。

左近が、大火事の際に攫われたのかと問うと、女はうなずき、途端に目を潤《うる》ませた。

「思い出させてすまぬ。辛いだろうが、攫われる前に暮らしていた場所に行けるか」

女はためらう顔をした。

医者が告げたように客を取らされていたなら、近所の者に今の姿を見られるのが辛いに違いなかった。

左近は、通りかかった町の男に声をかけ、近くに呉服屋はないか問うた。

幸い、すぐ先の四つ角を曲がったところにあるというので、左近は女を連れていった。古着屋だったが、身体に合うのがいくつかあり、女は、地味な無地の藍《あい》染《ぞめ》を選んだ。帯は黒を好み、左近を見てきた。

応じた左近は、店の者に代金を渡して着替えを頼んだ。

着物を替え、髪も整えられた姿は、別人のようだった。本来は、おとなしい町の娘だったに違いないのだ。

手伝った店の女将《おかみ》が、身体の傷跡を見たのか怯えたような顔をしている。

泰徳が女将に、これは人助けだと告げると、ようやく表情を和らげた。

店を出てからは、女は自分の足で歩んで案内した。向かったのは、両国橋近くの、再建されたばかりの長屋だ。だが女は、長屋がすっかり新しくなっていたせいか、それとも、着物を替えても人に見られたくないのか、物陰から住人を見ているだけで、路地に入ろうとしない。

左近は声をかける。

「知った顔があるのか」

女は左近に向き、小さくうなずいた。

「ならば勇気を出しなさい。今のそなたは、どこから見ても町娘だ」

泰徳が続いて口を開く。

「さよう。火事でしばらく記憶を失っていたことにしなさい。わたしの道場にいたことにすればいい」

それでも女は、首を縦《たて》に振らなかった。

辛い目に遭わされたせいで、住人の目が恐ろしいに違いないのだと、左近は、不安そうな女の顔を見ながら、そう思っていた。

「路地におる者の中に、家族はおらぬのか」

左近の問いに、女は顔を向けた。表情は変わらぬが、目は必死に何かを訴えているように見える。

左近は路地を見た。どこにでもある長屋の景色で、遊ぶ子供たちの母親が集まり、話し込んでいる。その中に、部屋の戸口で桶《おけ》を直している若い男がいた。左近の目の前にいる女と同じ年頃で、黙々と手を動かしている。

その男が、ふとこちらを見てきた。

慌てた女が左近の背後に隠れ、帯をつかむ手に力を込めてきたところを見ると、路地に入るのをためらうのは、あの男に会う自信がないからではないか。

男は不思議そうな顔でこちらを見ていたが、左近の陰になって女は見えぬ。左近と目が合った男は、武家に対する敬意を示して会釈《えしゃく》をし、長屋の女房に向くと、直し終えた桶を渡して笑顔で何か言い、次の桶の修理にかかった。

当分その場から動きそうにないと見た左近は、女に声をかける。

「一旦出直そうか」

女はこくりとうなずく。

泰徳と目を合わせた左近は、女が男から見えぬよう袖《そで》で顔を隠してやり、帰ろうとしたのだが、突然大声がした。

「おきち！」

道の反対側からした声に応じて左近が見ると、四十代の男が大口を開け、目玉が飛び出そうな顔をしている。左近が次に女を見ると、男と同じような顔をしていた。

売り物の黒豆が散らばるのも構わず天秤棒《てんびんぼう》を落とした男が駆け寄り、女を抱きしめた。

「やっぱりおきちだ。生きていてくれたんだな」

さんざん捜したと言って喜ぶ男と、声を出して泣く女を見て、左近は問う。

「おぬしは父親か」

顔をくしゃくしゃにして頬を濡らした男が、左近を見てきた。

「へい。旦那が娘を見つけてくださったのですか」

「おれではない。知り合いの家で倒れていたのだ」

「それじゃやっぱり……」

父親は言葉を呑み込んだ様子で、娘を見た。

おきちは背中をこわばらせ、顔を上げようとしない。

「おきち、お前どうして、何も言わないんだ」

問う父親に、おきちは首を激しく横に振った。

泰徳が助け船を出す。

「とりあえず、部屋に入れるか」

父親はへいと答え、子供たちが豆に群《むら》がるのをそのままにして、長屋の路地に向かおうとしたのだが、おきちが拒んだ。

おきちが気にしていた若い男が、まだ外にいるからだ。

気づいた父親が、おきちに教える。

「あいつは気にするな。もう女房をもらっちまった」

するとおきちは、悲しそうな顔をした。

物言わぬ娘に、父親は困惑を隠せぬ様子で左近を見てきた。

どうしたのか、という目顔で訴えられた左近は、ここでは言えぬと答えた。

父親は不安そうな顔をして、うつむいている娘の姿に眉尻《まゆじり》を下げて洟《はな》をすする。

「おきち、さあ帰ろう。部屋は前とおんなじ場所だ」

父親がおきちの両肩を抱くようにして路地に入ると、住人たちが驚いた。

「おきっちゃんかい」

年増女が声をかけるなり泣きっ面《つら》となり、駆け寄った。

「おきっちゃん！　みんな心配したんだよ。生きていてよかった」

父親をどかせておきちを抱きしめた女は、我が子が帰ったように喜んでいる。

桶を直す手を止めた男は立ち上がって駆け寄ろうとしたのだが、ためらった様子で一歩足を出して止まった。

するとおきちは、男の目から逃れるように部屋に駆け込んだ。

父親は、女房たちに喜びを伝え、男には微笑みを向ける。

「気にするな。おめえは女房を大事にしろよ」

男はおきちと将来を約束した仲だったと左近に教えた父親は、入るよう促した。

応じた左近が泰徳と部屋に入ると、父親は鉄瓶《てつびん》を取った。

「今白湯《さゆ》を沸《わ》かしやすから、上がってください」

「気を遣うな。それより話しておくことがある」

左近は外に聞こえるのを嫌って座敷に上がり、泰徳が表の戸を閉めた。

顔から笑みを消した父親は不安そうに上がり、左近の前で正座した。おきちは裏に通じる障子を少しだけ開けて、外を気にしている。

左近は小声で、おきちは舌を切られてしゃべれないのだと伝えた。

父親は、あっと声をあげて身を乗り出す。

「誰がやったんです」

「まだわからぬ」

父親は、ちくしょう、と叫んだ。大事な娘に傷をつけられて悔しがり、畳に拳《こぶし》を打ちつけ、左近に訴える顔を向けた。

「旦那、あっしは、娘を攫った野郎たちをこの目で見やした。それなのに役人たちは、あっしのような棒手振《ぼてふ》りのことなどまったく相手にしてくれやせん。いくら言っても、捜そうともしてくれなかったんで。あの時真剣に捜してくれたら、娘はこんな目に遭わずにすんだんだ」

父親が振り向くと、おきちは背中を向けてうな垂れた。

また洟をすすった父親が、涙目で左近に訴えた。

「去年のあの火事の時、あっしら親子は、長屋に迫る火から逃げていたんです。町は大混乱で、もみくちゃにされながら必死に流れについていってた時、突然やくざの連中に囲まれて手を離され、どうすることもできないまま連れていかれちまったんです」

泰徳が問う。

「やくざに間違いないのか」

父親が顔を向けてうなずいた。

「あっしも若い頃は、両国の勘吉《かんきち》と言えば人が避けて通る喧嘩《けんか》好きでしたが、近頃本所深川あたりでのし上がっているやくざどもは、質《たち》が悪いんです。役人も恐れるほどですから、奴らの仕業《しわざ》に決まっていますよ」

「居場所を知っているのか」

問う泰徳に、勘吉は首を横に振る。

「火事で焼けちまって、今はどこを根城《ねじろ》にしているのかさっぱりわからねえから、あっしゃ長屋の連中だけじゃ、捜しあぐねていたんです。でももういいんです、こうして、生きて帰ってくれたから」

勘吉は涙を流して、左近と泰徳に両手をついた。

「ほんとうに、娘を助けてくだすってありがとうございました」

「礼には及ばぬ」

この父親ならば、おきちは大丈夫だと思った左近は立ち上がり、泰徳を促して帰ろうとした。

「お待ちください」

勘吉が呼び止めた。左近が振り向くと、勘吉は懇願《こんがん》する顔で歩み寄った。

「やっぱり許せねえ。やくざの根城はわかりやせんが、顔はなんとなく覚えておりやす。年を取ったあっしじゃ手も足も出せやせんが、娘をこんな目に遭わせた奴らを旦那方がやっつけてくださるなら、今から深川あたりに行きやすが、どうです。ただとは言いません」

勘吉は畳を上げて床板をはずし、小さな壺《つぼ》を出した。

「やってくださるなら、この有り金をすべてお渡しします」

頭を下げて差し出した壺には、銭が詰まっていた。

左近は顔を上げさせ、壺を押し返して告げる。

「おぬしの気持ちはようわかった。町の悪を潰せるなら、喜んで手伝おう」

勘吉は驚いた顔を向けた。

「ただでやってくださるんですか」

左近が微笑んでうなずくと、勘吉はまた頭を下げた。

「旦那のようなお方がいらっしゃるなんて、江戸はまだ捨てたもんじゃねえ。こうなったらあっしも、この命を懸《か》けて悪党を見つけやす」

奴らが動くのはおそらく夜だろうと勘吉に言われた左近は、夜にまた来ると告げて、白石の私塾に戻った。

泰徳から話を聞いた白石は、感心した面持ちで左近を見てきた。

「殿は必ず悪を討つとおっしゃるに違いないと思うておりましたが、このように早くことが運ぶとは考えもしませんでした」

左近は真顔で告げる。

「まだそのやくざが攫《さろ》うたかはわからぬが、勘吉の気持ちに応えてやりたい。おれは今から泰徳の道場にゆく。すまぬがそなたは、今夜戻らぬことを間部に伝えてくれ」

「承知しました」

左近は私塾をあとにし、泰徳と岩城道場へ戻り、お滝の手料理で腹ごしらえをした。

四

いっぽう、一年ぶりに戻ってきたおきちと過ごしていた勘吉は、辛そうな娘の様子を見て悲しくなり、気を遣ってかける言葉を見つけられないでいた。

おきちは背中を向けて横になったまま、勘吉を見ようとしない。外からは、桶屋の男が客の女房を相手に話をしている声が聞こえている。

おきちは、将来を約束していた男を想いながら背中で聞いている。きっとそうに違いないと思った勘吉は、夕日が当たりはじめた障子と娘を順に見て、苛立《いらだ》った息を吐いて土間に駆け下り、外へ出て裏に回った。

男は笑顔で、客ではなく自分の若い女房と話していた。わざわざ勘吉の部屋の裏まで出て話していることに、勘吉は腹が立った。

「おい太一《たいち》、ちったぁ気を利かせろ」

すると太一の女房のおたかが、馬鹿にしたような顔を向けてきた。

「ここはみんなが使う場所ですよ。どうして気を遣わなきゃいけないんです」

この女は、おきちがいなくなって悲しんでいた太一の弱みにつけ込み、まんまと女房になった性悪女だ。おきちが攫われる前は、太一を争う恋敵《こいがたき》だったのだが、太一本人はおきちに目が向いていたことで、恨んでいたに違いなかった。

それが今は夫婦だ。おきちが帰ったのを聞きつけて、これ見よがしに来たに違いない。

長屋の連中の噂を耳にしていた勘吉はそう思わずにはいられず、腹の中が煮えくり返ったのだが、感情を表に出すのをぐっとこらえて微笑んだ。

「確かにそうだな。でもよう、今、おきちの奴が眠ったばかりなんだ。疲れているから、起こさないでやってくれ。このとおり」

手を合わせて頼む勘吉に、おたかは勝ち誇《ほこ》ったような意地の悪い笑みを浮かべた。

「噂は聞きましたよ。おきちさん、攫われた連中に好きなようにされていたそうですね」

勘吉は心の臓がどくんと脈打ち、思わず胸を押さえた。

「だ、誰がそんなこと言いやがった」

「長屋の連中はみんな言ってましたよ。気の毒だって。そりゃそうですよね、男に攫われたんですから」

「黙れ！」

「怒らないでくださいよ。あたしは、噂を聞いて気の毒に思っているんですから」

作ったような哀《あわ》れみの顔を向けられて、勘吉はどうにも我慢できなくなった。

「大きなお世話だ！　とにかく、静かにしてくれ！」

怒鳴られたおたかは、首をすくめて耳を塞《ふさ》いだ。

太一が申しわけなさそうな顔をして頭を下げ、いやがるおたかを連れて部屋に戻った。

「お前さんが一番うるさいよ！」

別の部屋から声がしたが、誰かはわからない。

太一の女房の一言で、ここの連中が娘に好奇の目を向けているのだと知った勘吉は、歯ぎしりして肩を怒らせたものの、急に気持ちがずんと沈み、自分の部屋を見た。

あの中で、世間の目を気にしながら娘が横になっている姿が目に浮かび、悪党どもへの怒りと悲しみで視界がぼやけた。

袖で涙を拭った勘吉は、大きな息を吐いて顔を平手でたたき、表から部屋に戻った。

「おきち、腹が減っているだろう。待ってろ、今から米を買ってくるからよ。真っ白なおまんまを食べさせてやるから、どこにも行っちゃだめだぞ。いいな、いい子にしてろよ」

おきちが幼かった頃、出かける前に毎日言っていた言葉が自然と出た。

自分で笑いながら戸を閉めた勘吉は、米屋に走った。目が飛び出るほど高い米を無理して二升《にしょう》手に入れ、おきちが好物の、梅干しと昆布《こんぶ》をすり潰したご飯のお供を買って長屋に帰った。

飯を炊《た》いてやろうとしたが、娘が攫われて以来自分で炊いたことがなかっただけに、建て直された部屋には釜《かま》を買っていなかったことに今さら気がついた。

勘吉は眉間《みけん》に皺《しわ》を寄せて額をたたき、ため息をついた。

「ちょっくら、釜を買ってくる」

急いで金物屋《かなものや》に行き、とんぼ返りした。すると、おきちを抱いて喜んだ近所の女房が表の戸をたたいていた。

「おきっちゃん、開けとくれ」

勘吉は走って声をかけた。

「おすえさん、どうしたんだ」

おすえが顔を向け、心配そうに告げる。

「お前さんは家でご飯を作らないから、おきっちゃんがお腹空かせているだろうと思って持ってきたんだけど、開けてくれないんだよ」

旨《うま》そうな匂いがする煮物と飯を見せられて、勘吉は目を細めた。

「いつもすまねぇな」

受け取ろうとして視線を感じた勘吉は、そちらを見た。井戸端でこちらを見ていたおたかと目が合い、途端に鼻で笑われた。

「てめえ、おきちに何か言いやがったな。だから戸を開けないんだろう」

「ふん、知るもんか」

おたかはとぼけて横を向いた。

どうにも腹が立った勘吉が詰め寄る。

「おい、何を言いやがった」

「何も言っちゃいませんよ」

「嘘《うそ》をつけ！」

「痛い！　何するんですよ！」

勘吉がつかんだ腕を払ったおたかに、何を言ったか問い詰めた。

おたかは顔を背《そむ》けたまま、面倒くさそうに答える。

「変な噂が流れて気の毒だから、ほんとのところはどうなのか、みんなに言ったらって、部屋から出るよう誘っただけですよ」

しゃべれないのを知って、傷に塩を塗りに来たに違いない。勘吉は思わず、おたかの胸ぐらをつかんだ。

「てめえ！　許せねえ！」

「く、苦しい」

顔を真っ赤にしているおたかを見て、おすえが止めに入った。

「ちょっと勘吉さん、死んじまうよ！」

「うるせえ、下がってろ!」

突き飛ばされたおすえが尻餅《しりもち》をつき、せっかくの食べ物が散らばった。

「誰か! 誰か来ておくれ!」

おすえの叫び声に出てきた太一が、ぎょっとして駆け寄り、勘吉を羽交《はが》い締《じ》めにしておたかを助けた。

喉を押さえて咳《せ》き込むおたかが、苦しそうな顔を勘吉に向けたものの、表情を一変させて憎たらしい笑みを浮かべた。

「てめえ、意地の悪い顔をしやがって」

「あたしは、生まれつきこんな顔なんだよ」

怒るおたかを見た太一が、勘吉に訴える。

「おきっちゃんは、おたかが誘ったから戸を閉め切ったんじゃない。おきっちゃんのいやな噂を広めたのが、おすえさんだからです」

勘吉は目を見張った。

「なんだと! 嘘を言うな!」

「嘘じゃありません。おたかはそのことを教えて、何もないって、みんなに言ったらどうかと声をかけたんです」

真相を知った勘吉は、おすえを見た。おすえは顔を引きつらせ、立ち上がって自分の部屋に逃げ込み、戸を閉めた。

勘吉が戸の前で叫ぶ。

「てめえ、どういう気だ。なんでありもしないことを広めやがった」

「ありもしないことじゃないさ。あの火事の日から大勢のおなごが攫われて、その子たちはどこかで客を取らされているって、うちの人が聞いてきたんだから」

「黙れ！」

「うるさいね。あたしは聞いたことをしゃべったまでだ。悪気なんてないんだから」

「このあま、開き直りやがって、出てこい！　ぶん殴ってやる！」

戸を破ろうとするのを、また羽交い締めにされて離された。

「太一、この野郎、邪魔しやがるとてめえもぶん殴るぞ！　放し……」

目の前に太一がいるのを見た勘吉は、口をあんぐりと開け、後ろを見ようとしたが、振り向くことができない。

「誰だ、放せ」

「落ち着け」

「その声は、旦那ですかい」

力をゆるめられてようやく振り向いた勘吉は、泰徳だと知って眉尻を下げた。

「お早いお着きで」

泰徳の後ろにいた左近が問う。

「何を騒いでおる」

「この女房の野郎が、おきちを傷つける噂を広めやがったんです」

「悪気はなかったんだよう！」

中からした声に、泰徳が渋い顔をして勘吉に告げる。

「人の口に戸は立てられぬ。辛いだろうが、傷を負わせて牢屋に入れられでもしたら、おきちが一人になってしまうぞ」

「でも旦那、娘はすっかり閉じ籠《こ》もっちまいました。あっしは可哀そうで……」

「出てきなさいよ！」

勘吉の部屋に向かって大声をあげたのはおたかだ。

「そうやって逃げるから、噂好きの餌食《えじき》にされるんだ。出てきてはっきり違うと言ったらいいじゃないか」

どうやらおたかは、おきちがしゃべれないのを知らないようだ。

勘吉が止めた。

「おたか、疑ったおれが悪かった。このとおりあやまるから、今はそっとしておいてやってくれ」

おたかは勘吉と戸を順に見て、戸に向かって不服そうに告げる。

「太一がどっちを選ぶか、あたしとあんたの勝負は、まだけりがついていないんだから、帰ったんなら、出てきて堂々と勝負しなさいよ。太一だって、あんたが帰ってきて喜んでいるんだから」

勘吉は驚いた。

「おい待て、それはどういうことだ。お前たちはまだ夫婦になっていないのか」

おたかがしゃべろうとした時、部屋の戸の内側に物が当たって、陶器が割れる音がした。

驚いて見るおたかに、勘吉が願う。

「今日のところは、そっとしておいてやってくれ。な、頼むから」

おたかは不服そうな顔を崩さず戸から離れ、太一と帰っていった。

勘吉はその場にしゃがみ込み、口もきけぬようにされた娘を哀れんだ。

どうやらおたかは、太一とはまだ夫婦の契《ちぎ》りを結んでいないと言おうとしたに違いない。だが、舌を切られて口もきけなくなった今のおきちでは、おたかと太一をめぐって争えるはずもない。だからおきちは、物をぶつけて胸の悲しみを訴えたのだ。

そう解釈した勘吉は、悲しみを娘に気づかれぬよう立ち上がり、声をかける。

「いいかおきち、おとっつぁんは今から、おめえを辛い目に遭わせた奴らをやっつけに行ってくる。なあに心配するな。強い味方が来てくださったからよ、千人力だ。ここに釜を置いとくから、あとで部屋に入れといてくれ。帰《け》えったら、旨い飯を食わせてやるから な、いい子で待っているんだぜ」

買ったばかりの釜を戸口に置いた勘吉は、待っている左近と泰徳に振り向き、頭を下げた。

五

目と鼻を赤くした勘吉に案内された左近は、泰徳と肩を並べて夜の町を歩いていた。

深川の盛り場は昼間とはまったく違う顔を見せ、酔客や客引きの者たちでにぎわっている。人とぶつからぬよう気をつけながら歩いていると、道端で車座《くるまざ》になってしゃがんでいる若者たちが、ふざけ合って相撲《すもう》を取りはじめ、泰徳とぶつかった。

甲斐無限流《かいむげんりゅう》で鍛えている泰徳はびくともせず、二人の若者のほうが弾《はじ》き飛ばされ、もつれるようにして転んだ。

「てめえ！」

恐れを知らぬ若者が、相撲の邪魔をしやがったと息巻いて泰徳の前に立ちはだかった。

「やい！　どこを見て歩いてやがる！」

目つきの鋭い若者が腕まくりをして突っかかってきたが、泰徳は相手にせぬ体《てい》でそのまま行こうとした。

若者が泰徳の腕をつかんだ刹那《せつな》、何がどうなったのか両足が宙に浮き、背中から地面にたたきつけられ、痛みより、驚いた顔をして泰徳を見上げた。

「言いがかりはよさぬか」

落ち着いた口調の泰徳に対し、仲間の若者たちは一歩下がった。

「おい、何ごとだ」

声をかけたのは、若者たちの兄貴分といったふうの、いかにも悪そうな男だ。

子分を二人連れている。

若者たちは俄然《がぜん》強気になり、泰徳を囲んで告げ口する。

「こいつが、喧嘩を売ってきやがったんです」

すると兄貴分は、泰徳を睨《にら》んだ。

「旦那、ここは庶民が遊ぶ場ですぜ。二本差しがおいでになるようなところじゃござんせんよ」

先に進んだところで見ていた左近は、勘吉に腕を引かれて顔を向けた。

勘吉が小声で告げる。

「あいつらが怪《あや》しいです」

「そうか」

左近が見ると、泰徳は兄貴分と何かを話し終えたところだった。

二人の手下が若者たちの頭をたたいて帰らせ、兄貴分が泰徳に頭を下げ、盛り場に歩んでゆく。

「野郎、逃がすか」

勘吉が怒りにまかせて行こうとするのを、左近が止める。

「あの中に、おきちを攫うた男がいるか」

「いやしませんが、たぶん間違いありませんから、ぶん殴って吐かせてやりますよ」

左近と泰徳の助けを得て強気の勘吉を、左近は引き戻した。

「慌てるな」

そこへ泰徳が来た。何を話したのか左近が問うと、薄笑いを浮かべて答える。

「ぶつかったのは若者のほうだと言ってやったら、あっさり引き下がった。やくざにしてはおとなしい連中だ」

左近が見ると、向こうはこちらを気にする様子もなく、店の前にいる客引きと何か話している。

勘吉が左近に訴える。

「旦那、このあたりのどこかに、娘と同じように攫われたおなごがいるはずです。奴らをとっ捕まえて、娘を攫った野郎の居場所を吐かせてください」

「まずは確かめてからだ。あの者たちに根城まで案内させ、そこにおきちを攫った者がおれば、一網打尽《いちもうだじん》にする」

左近がこう説得すると、

「なるほど、囮《おとり》を放してすずめ蜂《ばち》の巣を突き止めるのとおんなじだ」

勘吉はそう解釈し、

「さすがお侍、頭がいいや」

などと、感心したように言った。

左近はそのあいだも、三人組から目を離さなかった。

店の者と話を終えた三人は、にぎわう盛り場の真ん中を、肩で風を切って歩んでいく。

左近は、顔を知られている泰徳とは距離を置き、勘吉と二人であとを追った。

途中で、おとなしそうな若者を連れた男が合流してきた。若者は不安そうな顔で兄貴分の話を聞き、ついていく。

それを見ていた勘吉が、左近に顔を向けた。

「旦那、あの若者はきっと客ですぜ」

「うむ」

勘吉に応じた左近は、気づかれぬようあいだを空けた。すると、二人目、三人目が合流し、それぞれ客らしき男を連れている。

間違いないと踏んだ左近は追ったが、やくざたちは堀の船着き場で待たせていた舟に乗り込んだ。

夜の堀へ滑り出す舟を、左近たちは堀端の道を使ってついていく。

盛り場を遠ざかると、あたりは途端に暗くなった。半月の明かりは乏《とぼ》しいが、舟は舳先《へさき》にちょうちんの明かりを灯《とも》しているため見逃すことはない。逆に向こうからは、左近たちが見えぬはず。

舟は仙台堀《せんだいぼり》へ向かっている。左へ曲がれば大川への方角だが、舟は左近たちの予想に反し右へ曲がった。

勘吉が不思議そうに告げた。

「あっちは葦原《あしはら》と木場《きば》だ。町はありやせんが、どこへ行く気ですかね」

左近は答える。

「おきちが自分を攫った者どもがいる場所に案内してくれたのは、確かこの近くだったはずだ。あの時はよそへ移ったあとだったが、またそこへ戻っているのかもしれぬ」

話しながら舟を追っていくと、やがて止まった。

ちょうちんを持った連中が土手を上がり、夜道を北へ進んでゆく。

あいだを空けてついていくと、おきちが教えてくれた場所とは違う、周囲を板塀で囲んだ一軒家に入っていった。

それとは別の道から、ちょうちんの明かりが二つ来た。

左近たち三人が松林の中で隠れて見ていると、仕事帰りの人足《にんそく》や、遊び人風の男たちが連れ立って通り過ぎてゆく。

表を警戒している子分たちは、顔見知りの様子で男たちを中に入れた。

「どうやら、ここで商売をしているようだな」

小声で言う泰徳に、左近はうなずく。

「おそらく、おきちが教えてくれた建物は、いくつかあるうちのひとつだ。ここも、いつ移動するかわからぬな」

「では、明日を待てぬぞ」

「行こう」

左近の言葉に、泰徳と勘吉はうなずく。

「勘吉、おれから離れず、おきちを攫った男がいるかよう見ておれ」

泰徳が告げると、勘吉は素直に応じて背中に歩み寄る。

左近が先に行こうとした時、どこからともなく小五郎が現れた。

「だ、誰だてめえ」

町人の身なりをしている小五郎を見て驚く勘吉に、左近が教える。

「おれの連れだ」

「旦那の……そいつは、失礼しやした」

頭を下げられた小五郎は、左近に小さく顎を引き、音もなく闇に溶け込んだ。

程なく、表を守っていた三人の子分のうちの一人が小五郎に気づいて声をあげようとしたが、その時にはもう遅く、腹の急所に拳を食らって倒れた。

二人目が小五郎に殴りかかるも、空振りして後ろ首を蹴られて昏倒《こんとう》した。それを見た三人目は小五郎を恐れ、中に向かって助けを呼ぼうとしたが、後ろから首に腕を巻きつけられて、あえなく気絶した。

あまりの手際のよさに、勘吉は口をあんぐりと開けて左近を見た。

「旦那、旦那のお連れは、ただの町人ではござんせんね。いったい旦那は……」

静かにするよう指を口に当ててみせた左近は、小五郎が表の戸を確かめ、蹴破るのを待って踏み込んだ。

母屋の戸口を守っていた二人が、大声を張り上げた。

「何しやがる！」

「どこのもんだ」

懐から刃物を抜いた二人に、小五郎が手裏剣を投げ打つ。

寸分たがわず手首を貫《つらぬ》かれた二人が、刃物を落として呻《うめ》く。そこへ迫った小五郎が首を手刀《しゆとう》で打ち、昏倒させた。

左近が先に入ろうとしたが、泰徳が制した。

「ここはおれがゆく」

西ノ丸のあるじである左近に、何かあってはならぬとでも言いたいのだろう。

「今さらなんの気遣いだ」

左近が鼻で笑うと、泰徳は唇に笑みを浮かべて応じ、廊下に上がった。

勘吉の背後を守って左近が続く。

泰徳は、部屋から出てきた子分を殴り倒しながら奥へ急ぐ。そして、明かりがある障子を開けると、中には着飾った女たちが五人並んで座していた。

泰徳が告げる。

「そなたらは、武家の娘か」

女たちは揃って首を横に振り、一人が答える。

「町の者です」

「では逃げろ」

すると女たちは驚き、顔をぱっと明るくして立ち上がった。

「いいのかい」

ためらう女に、泰徳が早く行けと促す。

女たちは、喜びの声をあげて逃げた。

騒ぎを聞いて出てきた子分が、目の前にいる左近に大きな目を見開いた。

逃げようとするのを、小五郎が押さえ込んで問う。

「他の女たちはどこにいる」

「し、知るもんか」

「言わねば目の玉をえぐり出すぞ」

手裏剣を見せただけで子分は息を呑み、廊下を曲がった先だと教えた。

気絶させるのを見届けた左近は、泰徳と勘吉に続いて廊下を曲がった。すると、明かりがある部屋がいくつも並び、廊下まで女のあえぎ声が聞こえてきた。

庭を挟んだ向かい側の部屋では、やくざどもが酒を飲みながら、茶碗でさいころを転がして賭《か》けごとに興《きょう》じている。

泰徳が障子を開けた。すると、裸の女にしがみついていた男が振り向いてぎょっとした。

女は慌てて着物で身体を隠し、恐れた顔で身を縮めた。

「な、なんだよ」

突っかかる男に泰徳が厳しい目を向ける。すると男は、興《きょう》ざめだと吐き捨て、そそくさと部屋から出ていった。

気づいたやくざたちが部屋から出てきた。

「てめえら、何してやがる！」

怒鳴ったやくざを見た勘吉が、左近の袖を引いて指差した。

「野郎です。奥にいやがる、背の高いのがおきちを攫いやした」

背が高い男は、怒鳴ったやくざをどかせて前に出た。

「誰かと思えば、おめえはおきちの父親か。おきちはここを知らねえはずだが、どうしてわかった」

「てめえらの仲間が客を連れてくるあとを追ったんだ。もうおしまいだ、覚悟しやがれ！」

「うるせえぞ！」

怒鳴り声がして、中年の男が奥から出てきた。

「何を騒いでやがる」

怒る男に、背の高い男が頭を下げた。

「親分、おきちの父親が、ここを嗅ぎつけてきやした」

「なんだと！」

親分は一瞬不安げに眉をひそめたが、左近たちを見て安堵の息を吐く。

「どうやら、役人じゃねぇようだな。たった四人で乗り込むとはいい度胸だ。おい野郎ども！　商売の邪魔だ、さっさと畳《たた》んじまえ！」

「おう！」

子分たちが一斉に応じて道中差《どうちゅうざ》しを抜いた。

「旦那、人数が多すぎ……」

勘吉が怯えた声をあげた刹那、斬りかかってきた子分を左近が峰打《みねう》ちの一撃で昏倒させた。

目を丸くした勘吉が喜ぶ。

「でぇじょうぶだ」

「野郎！」

子分が叫んで泰徳に斬りかかったが、甲斐無限流の体当たりを食らって吹っ飛び、仲間と共に転んだ。

大刀を抜いた泰徳が、峰に返すや否《いな》や猛然と斬り込み、右へ左へ刀を振るい、またたく間に三人の子分たちを打ちのめした。

勘吉を守る小五郎を尻目に、左近も出る。

斬りかかった子分の刀を弾き飛ばし、あっと息を呑む子分の額を峰打ちした。

白目をむいて倒れる子分を見もしない左近は、右側から刀を打ち下ろした子分の一撃をかわし、脇腹を打つ。

呻いた子分が脇腹を押さえて身体をくの字に曲げ、そのまま横向きに倒れた。

背後から斬りかかる子分の一刀を、左近は見もせず左にかわした。

空振りしてつんのめる子分の後頭部を安綱の柄頭で打ち、廊下にいる親分に顔を向ける。

「ひっ」

左近の気迫に怯えた親分が下がり、子分たちが前を守るものの、構えた刀は震えている。

客間で女たちの悲鳴がした。

巻き添えをいやがる客が逃げ、女たちも逃げようとしたのだが、用心棒らしき浪人者が立ちはだかったのだ。

「部屋に戻れ」

声は落ち着きはらっているが、恐ろしげなたたずまいの用心棒に怯えた女たちは、逃げるのをあきらめて部屋に入った。

用心棒は、親分のそばにいる左近に告げる。

「おれと勝負しろ」

庭に跳び下りた用心棒が、正眼に構える。

隙《すき》のない相手に、左近も正眼で応じた。

無精髭《ぶしょうひげ》の男は頬がこけ、くぼんだ目はぎらりと殺気を放っている。じりじりと前に出て、左近の切っ先と用心棒の切っ先が交差した刹那、用心棒は斬りかかった。

無言の気合をいち早く感じ取った左近は、考えるより先に身体が動く。袈裟懸《けさが》けに打ち下ろされた用心棒の刀身を安綱の腹で弾き、切っ先を相手の喉元でぴたりと止めた。

うっ、と息を呑む用心棒は、跳びすさって正眼に構えなおし、そこからは動かなくなった。一筋の汗がこめかみを流れ、無精髭に吸い込まれた。

左近が一歩出ると、用心棒は目を見開いて気合をかけ、大上段に振り上げて迫る。

左近は打ち下ろされた一刀を弾いてそらし、即座に額を打った。

用心棒は棒が倒れるように突っ伏し、それを見た親分は、子分を置いて逃げようとした。

他の子分どもを打ちのめしていた泰徳が逃げ道を塞ぎ、刀を向けて押し戻す。

そこへ、左近に打たれた子分が二人、折り重なるように倒れた。

庭を埋めるほど多くの子分が倒れ、呻いて苦しむのを見て空唾《からつば》を呑んだ親分が、眉尻を下げた顔を左近に向ける。

左近は命じる。

「武家の娘がおろう。これへ連れてまいれ」

引きつった笑みを浮かべた親分は、激しく首を縦に振った。

「はい。今すぐに」

小五郎が見張る中、親分は背中を丸めて客間に入ると、五人の娘を廊下に出した。

「この娘たちです。旦那、言っときますが、こいつらを攫ったのはあっしじゃござんせん。この娘たちは、売られていたのを買っただけです」

親分の前に立っている五人の娘たちは、左近に助けを求める者は一人もおらず、下を向く者、空を眺《なが》めている者、意味もなく笑う者、呆然《ぼうぜん》としている者、そして一人は、親分に向かって意味不明な言葉を投げている。

そんな女たちを見た泰徳が、左近に顔を向けてきた。

勘吉が左近に歩み寄る。

「旦那、なんだか様子が変ですよ。ひどい目に遭わされて正気を失っているんじゃないですか」

左近は確かめるべく娘たちに近づき、声をかけた。

「そなたらは、武家の娘か」

空を見ていた娘が左近に目を向けたが、無表情で立っているだけで何も答えない。

その横にいる娘は顔を上げたが、左近を見ず裸足《はだし》で庭に下りると、しゃがみ込んで土をいじりはじめた。

「みんなこの調子ですよ。だから安く手に入ったんだ」

悪びれもせずうそぶく親分を、泰徳が殴った。倒れたところへ勘吉が馬乗りになり、拳を振り上げた。

「よくもおきちをひどい目に遭わせてくれたな！」

怒りをぶつけて殴ると、痛い痛いと叫んだ親分は必死に抗《あらが》った。

「この野郎、よくも娘の舌を切りやがったな。てめえのも切ってやるから覚悟しやがれ！」

もう一発拳を食らった親分は、たまらず叫ぶ。

「待て、やっちゃいない。おきちは自分で舌を嚙み切りやがったんだ」

「黙れ！」

三発目を食らった親分は、白目をむいて気を失った。

左近は親分の言葉が気になった。

「勘吉、おきちが心配だ。戻るぞ」

勘吉の襟首《えりくび》をつかんで立たせた左近は、泰徳と小五郎にあとを託し、勘吉を急がせて長屋に走った。

どうしたのかと問う勘吉に、左近は告げる。

「おきちが自分で舌を嚙んだのなら、一人にしてはまずかったかもしれぬ」

勘吉はようやく意味がわかったらしく、

「おきち！」

叫んで、左近より速く走り出した。

「勘吉、それでは息が続かぬ。舟を使おう」

左近の誘いに応じた勘吉は、船着き場にあった舟に飛び乗った。棹《さお》を持ち、左近が乗ると船着き場の足場を突いて舟を走らせる。

左近も棹を取り、二人で慣れぬ舟を滑らせて大川を目指した。長屋に近い場所で岸に着け、人気のない夜道を走る。

長屋の路地に駆け込むと、勘吉の部屋から明かりが漏れていた。夜も更け、他の部屋はすべて消えているというのにだ。

左近は悪い予感がした。明かりを灯したまま自ら命を絶《た》ち、そのままになっているやもと思ったからだ。

勘吉もそう勘ぐったらしく、涙声で娘の名を呼んで路地を走った。戸の前に着いたものの、開ける勇気が出ないらしく、左近を見てきた。

左近がかわって戸を開けた。すると、座敷でこちらに背を向けて座っていたおきちが、驚いた顔で振り向いた。頬に飯粒をつけ、手には大きなおむすびを持っている。

「おきち！」

左近をどかせて駆け上がった勘吉が、先ほどまでの涙を嬉し涙に変えて、肩に手を伸ばした。

「お前、自分で飯を炊いたのか」

おきちは何か言おうとしたが、勘吉が抱きしめた。

「無理をするな。さ、ゆっくり食べろ」

そこへ泰徳が追ってきて、左近に告げた。

「目をさましたやくざの親分が言うには、おきちは何度折檻《せっかん》しても客に噛みつくなどして手に余ったらしく、おとなしくさせるために閉じ込めたのちに客を取らせようとしたところ、自分で舌を噛み切ったそうだ。慌てて医者に担《かつ》ぎ込んだが、目を離した隙に逃げたらしい」

勘吉が目を見張って、外に出てきた。

「それじゃ旦那、おきちは生娘《きむすめ》のままですかい」

「親分はそう申していたぞ」

勘吉が安堵して尻餅をついた時、角を曲がっておたかが姿を見せた。

「今の話、ほんとうですか」

泰徳がうなずく。

「まだ日が浅いゆえ痛みがあるらしく、医者からしゃべるのを止められていただけで、舌は残っているそうだ。いずれ話せるようになる」

安堵して泣く勘吉を邪魔だと言ってどかせたおたかが、座敷に上がっておきちの前に正座した。

おきちは、おむすびを食べるのをやめてうつむいた。

「馬鹿！」

叫んだおたかがおむすびを奪い、台所に立った。

「舌が痛いのに、硬いおまんまなんか食べられるもんか」

鍋《なべ》に水を入れて、竈《かまど》に置いた。粥を作ってやるつもりなのだ。

勘吉が、何がどうなっているのかわからないような顔をして見ている。

それに気づいたおたかが、おきちを気にして口にする。

「あたしは、太一のような弱い男は好きじゃないんだ。噂好きのおすえさんが、勝手に夫婦になったって言いふらしただけだよ」

おたかは前を向いて手を動かしたが、左近は、目から光る物が落ちたのを見逃さなかった。

おそらくおたかは、どんな目に遭っても操《みさお》を守り続けたおきちと、おきちが戻ってきたことを喜ぶ太一を見て、自ら身を引くことを決意したのだろう。

おたかの涙を見てそう思った左近は、勘吉に向き、早合点《はやがてん》をして悪かったと詫びた。

「旦那、とんでもねえ。おきちをかどわかした悪党をやっつけてくださって、ありがとうございやした」

深々と頭を下げる勘吉に微笑んだ左近は、親子の将来に幸があることを願い、泰徳と長屋をあとにした。

泰徳は、娘を呼ぶ勘吉の声がする部屋を振り向き、左近に告げた。

「舌が痛くても食べたい気持ちがあるなら、心配ないな」

「うむ。よほど腹が減ったのだろう。先ほど申したことはほんとうか」

「客を取らされていなかったことなら、やくざははっきりそう申した」

「いずれにしても、己で舌を嚙むほど追い込んだ者たちを、許すわけにはいかぬ」

「やくざどもは小五郎殿が見張っているが、どうする」

正気を失った武家の娘たちの姿を目に浮かべた左近は、三宅兵伍が捜している友の妹の身を案じずにはいられなかった。

「武家の娘をどこで買ったかも、突き止めねばならぬ。今から言うとおりに頼む」

左近は考えを伝えて泰徳と別れ、一旦西ノ丸に帰った。

第四話　無念の一太刀《ひとたち》

一

今朝の江戸は、この冬一番の冷え込みだった。そのせいか、大川には霧《きり》がかかり、舟を操《あやつ》る船頭は一寸先も見えやしないとこぼしながら、慎重に進めている。

乗り込んでいる三宅兵伍は、隣に座している中津伝八郎の肩をつかんだ。

伝八郎は緊張した顔を向け、小さく顎《あご》を引く。濃紺《のうこん》の着物に白の襷《たすき》をかけ、白の鉢巻《はちま》きを着けているのは、これから悪党どもの根城《ねじろ》と思われる場所に行くからだ。そこは、新見左近が岩城泰徳と捕らえたやくざの親分が、武家の女を買ったと白状した場所だ。

左近は自ら動こうとしたのだが、やくざどもの取り調べをした又兵衛が、

「西ノ丸様のお手をわずらわせるほどのことではござりませぬ」

こう告げ、兵伍をはじめとする近侍《きんじ》四人衆を動かしたのだ。

兵伍は、後ろに座している近侍四人衆の三人に振り向く。

無言で顎を引く三人は、陣笠《じんがさ》を着け、羽織袴姿《はおりはかますがた》。

同じ身なりをしている兵伍は、ふたたび友を見る。

「伝八郎、悪党どもを殺してはならぬぞ」

「わかっている」

前を向いたまま応じる伝八郎の横顔には、妹を攫《さら》った者たちへの恨《うら》みが浮かんでいる。

霧の中から急に、大川の対岸が見えた。舟はその岸沿いを川上に進み、源森川《げんもりがわ》への河口を横切った。霧の中に水戸藩《みとはん》蔵屋敷の漆喰壁《しっくいかべ》がぼんやりと見え、二万三千坪の土地を囲む壁はしばらく続いた。

程なく漆喰壁が途切れ、霧の白い景色に戻った。

「もう着きます」

船頭が告げ、舟は渡し舟が使っている船着き場に滑り込んだ。

まだ薄暗いため渡し舟は出ておらず、待つ客もいない。

舟から下りた兵伍たち五人は道に駆け上がり、川上へ走った。頭にたたき込んでいる道順どおり右に曲がり、刈り入れが終わった田圃《たんぼ》のあいだの小道を走っていると、一軒の農家が見えてきた。

柿《かき》の木や栗《くり》の木が生《は》えている場所に入った五人は、幹に隠れて様子をうかがった。

藁葺《わらぶ》きの大きな家は、しんと静まり返っている。

「朝餉《あさげ》の支度をする煙も上がっていません」

元隠密《おんみつ》の砂川穂積《すながわほづみ》が小声を発すると、望月夢路《もちづきゆめじ》が動き、より家に近い栗の木まで走り、しゃがんで耳に手を当てた。

地獄耳を生かして物音を探った夢路が下がろうとした時、屋根から雀《すずめ》の大群が飛び立った。

気づかれたかと、緊張を走らせる四人に向かって夢路が小声で伝える。

「誰かいるようには思えません」

「そんなはずはない」

伝八郎が焦《あせ》りの声をあげ、家に走った。

兵伍たちが続いて行く。

伝八郎が表の戸を蹴破り、そのまま入ろうとするのを兵伍が引き止め、先に入って中の様子を探った。

物音がまったくせず、長らく閉め切っていた家特有の、かび臭《くさ》さが混ざった臭《にお》いがする。

次第に霧が晴れてきた。他の家からは、炊事《すいじ》の煙が上がっている。だが、やくざが武家の娘を買った場所はここに違いなかった。しかし、しばらく前から使っていなかったのか、台所に置かれたままになっている野菜は干《ひ》からびていた。

伝八郎が苛立《いらだ》ちの声をあげた。

「やくざめは、嘘《うそ》をついたのではないか」

兵伍が首を横に振る。

「鬼と恐れられた元大目付の殿が自ら責められたのだ。嘘を言うはずはない」

早乙女一蔵が伝八郎をなだめるように口を挟む。

「この近辺で聞き込みをしましょう」

兵伍がうなずき、皆で手分けしようと告げて家を出た。

だが、近所の農家の者たちは、家は豪商が買い取り、別宅に使っているものだと思っていたらしく、採《と》れたての野菜をたくさん買ってくれる、いい人たちだと口を揃《そろ》えた。

女は年老《お》いた下女が二人いただけで、若い女は見たことがないという。男は老《ろう》若《にゃく》が十人ほどおり、時々どこからか他の者がやってきて、騒がしくしていたという。そして、つい半月前に皆忽然《こつぜん》と姿を消し、今にいたっていた。家のあるじが誰かを知る者は、一人もいなかった。

聞き込んだ他の四人の声をまとめた兵伍は、

「ここは捨てられたに違いない」

そう結論づけた。

妹ひかりの行方に繋《つな》がる糸が、ここでぷっつりと切れたのだ。伝八郎は悔しそうに顔をしかめ、下を向いて目をつむった。

「まだあきらめるのは早い。我ら四人が力になるゆえ、気を落とすな」

兵伍の言葉に顔を上げた伝八郎は、他の三人に向かって頭を下げた。

「よろしく頼みます」

兵伍は伝八郎の肩をたたいて励《はげ》まし、引き続き捜すべく、出直すことにした。

戻った兵伍から話を聞いた又兵衛は、牢に入れているやくざをもう一度問い詰めたが、隠している様子はなかった。

兵伍はそれでもあきらめず、伝八郎のために町に出て、手がかりを捜し続けた。

新たな糸口をつかめぬまま五日が過ぎ、探索の範囲を別の町に広げようとしていた矢先に、他の場所を探索していた一蔵が走ってきた。

「兵伍殿、大川で武家の娘らしき骸《むくろ》が見つかりました。先日行った、例の農家の近くです」

兵伍が返事をする前に、共にいた伝八郎が焦りの声をあげた。

「案内してくれ」

「行きましょう」

兵伍は伝八郎に続いて町中を走った。

一蔵が案内したのは、先日使った船着き場を対岸に望む場所だった。川上に少し行った土手に、野次馬が集まっている。

その者たちを分けて土手下に行くと、朱房《しゅぶさ》の十手《じって》を持った同心《どうしん》が、小者たちに野次馬を遠ざけさせていた。

伝八郎が同心に駆け寄って告げる。

「直参《じきさん》の中津伝八郎だ。わけあって骸を検《あらた》める」

骸が武家の娘だと思われるためか、同心はあっさり通してくれた。

ためらいなく行く伝八郎に続き、兵伍が小者の横を抜ける。

水際で目を開けたまま仰向《あおむ》けに倒れている女の髷《まげ》は解け、蠟《ろう》のように白い顔に黒髪が張りついている。着物は乱れ、露《あら》わになった肌には無数の痣《あざ》があった。

ひかりではなかったことに、伝八郎は安堵《あんど》したようだ。

「むごい」

思わず出た兵伍の言葉は、伝八郎の動揺を誘った。

同心が伝八郎に告げる。

「まだ日が経《た》っておらず、痣以外の傷もないことから察しますに、自ら身を投げたか、何者かに別の場所で殺《あや》められて捨てられたと思われます」

伝八郎は骸を見つめたまま応《こた》えない。

その悲愴《ひそう》な横顔から心情を案じた兵伍は、同心を下がらせ、伝八郎の袖《そで》を引いて小声で告げる。

「必ず生きている。望みを捨てず捜そう」

うなずく伝八郎を連れて土手に上がった兵伍は、一蔵を加え、見た者を捜そうと告げて周囲の聞き込みをはじめた。

兵伍たちは元大目付の家来だけあり、少しの手が かりも見逃すまいと励む。だが、近くの町ではこれといった手がかりは得られなかった。

一旦休もうと兵伍が告げ、適当な飯屋に入った。

小女《こおんな》が注文を取って下がるのを待ち、一蔵が口を開く。

「おそらく夜のうちに命を落としたのでしょう。川上を当たってみますか」

「よし、そうしよう」

兵伍は、黙っている伝八郎を気にしたが、しつこく元気を出せとは言えなかった。

出された飯を漬物《つけもの》と味噌汁《みそしる》でかき込むと、勘定《かんじょう》を置いて聞き込みに戻った。

家康《いえやす》が入府《にゅうふ》するよりずっと大昔に、大川に橋があったことを江戸の世に伝える「はしば」と記された碑《ひ》がある川岸を歩き、周辺の者たちに声をかけては、川下で女の骸が見つかったが、何か怪《あや》しい輩《やから》を見なかったか問うて回った。

誰もがそんなことがあったのかと驚きはしたものの、手がかりになるような話は聞けなかった。

それでもあきらめず、船頭を主に聞き込みを続けていると、荷船の手入れをしていた一人の船頭が、兵伍の話に乗ってきた。

「それなら見ましたよ」

「どこで見た」

「ここよりくだった橋場町《はしばちよう》の川岸にある寮《りよう》のような建物に、若い女が大勢いるのを見ました」

「何人くらいだ」

「川のほうからちらっと見ただけですから、はっきりは申せませんが、十人はいたんじゃないかと」

「どんな様子だった」

「女たちは座敷に座っているだけでしたが、柄《がら》の悪そうな男連中が川に舟を浮かべて見張っているようでしたから、どこからか買われてきたんじゃないかと、そんなふうに思っただけです。何せ、吉原《よしわら》が近いですから」

「しかし、妙だと思うたのだろう」

「だって旦那、だいたいそんな女たちは、すぐ吉原に送られていなくなるのが常でしょう。でもその寮は、いなくならねぇんです。それで、買われてきた女とは違うのかと思ったまでで」

「よし、そこに案内してくれ」

「え、今からですかい」

「頼む。人を捜しているのだ」

懐《ふところ》から銭入れを出して酒手《さかて》をにぎらせると、船頭は快諾《かいだく》した。

伝八郎と一蔵を呼び、船頭に案内させて向かったのは、川端にある建物だ。陸からは周囲を板塀で囲まれ、中を見ることはできない。

「なるほど。いかにも怪しい商売をしているように見える」

兵伍にそう思わせたのは、黒板で囲まれた敷地への出入り口に二人の男が立ち、その身なりは商家の手代風ではなく、いかにもごろつき風に見え、道を行《ゆ》き交《か》う者に向ける目つきが悪いからだ。

船頭を連れている兵伍たちに気づいた二人が、探るような目を向けてきた。

兵伍は伝八郎を振り返り、焦るなと伝えてふたたび前を向き、雑談をしながら通り過ぎた。

男たちは目で追っていたが、兵伍たちが通りに建つ家の角を曲がって別の路地から見た時は、客の相手をしていた。

その客は、商家のあるじ風だ。

船頭が小声で伝える。

「あんなのが昼間っから出入りしていやすからね。あっしは、もぐりの女郎屋《じょろうや》じゃないかと思うんですよ。ほら、見てください、また来やした」

指差す先には、確かに商家のあるじ風の男がおり、そわそわした様子で入っていった。

「この目で確かめてやる」

行こうとする伝八郎の手をつかんだ兵伍が、引き戻した。

「焦るな。おぬしはもう帰ってよいぞ」

船頭に告げると、首を横に振って拒《こば》んだ。

「旦那、今からおもしろくなりそうって時に、そりゃないですぜ」

「これは遊びではないのだ」

兵伍が厳しく告げると、船頭は渋々応じて、その場を去った。

兵伍は伝八郎を落ち着かせ、寮を見張った。一刻（約二時間）のあいだに何人か入ったが、すべて商家のあるじ風に見えた。

一蔵は、何か言おうとしてやめた。

「なんだ」

兵伍が促《うなが》すと、一蔵は伝八郎を気にしながらも、ぼそりと告げる。

「出てきた者に、中で何をしたのか問いますか」

兵伍はうなずいた。

「わたしも同じことを考えていた」

「では決まりですね」

一蔵が立ち上がった。ちょうど、初めに見た客が出てきたからだ。

三人はあとを追い、怪しい寮から離れた場所で伝八郎が声をかけた。

「そこの者、待て」

立ち止まって振り向いた男が、あたりに自分しかいないのを見て不安そうな顔をした。

「手前にご用で……」

伝八郎が正面に立ち、責めるように問う。

「そのほう、先ほどまであの場所で何をしておった」

男は目を泳がせ、明らかに動揺した。

「な、何も」

「何もしていないとは、ますます怪しい。正直に申せ！」

胸ぐらをつかむ伝八郎を、兵伍が止めた。手を離させ、あいだに割って入って男と向き合い、穏やかに告げる。

「おぬしを罪に問うつもりではないのだ。我らは、あの寮の噂《うわさ》を聞いて気になっているだけだ。中で遊べるのか」

「い、いえ、何も」

「取って食わぬから、正直に話してくれ。さもなければ、この者が帰してくれぬぞ。武家屋敷に連れていかれてもよいのか」

男は激しくかぶりを振った。

「そうか、話してくれるか」

兵伍が笑みを交《まじ》えて訊《き》く顔を向けると、男は怯《おび》えきった様子で口を開いた。

「ほんとうに、お話しすれば帰らせていただけますか」

「武士に二言はない」

男は目を合わせようとせず、下を向いて白状した。

「武家の娘を抱けると聞いて、来ました」

「ほう、武家の娘をな。で、実際はどうなのだ。いたのか」

「はい」

「どんな娘だった」

「まことにおしとやかで、まさに武家の娘という感じでした」

「そのおしとやかな娘を、おぬしは抱いたのか」

「そ、それは……」

「答えずともよい。他にも娘がいたか」

「おりました。何人かは知りませんが」

「そうか。足を止めてすまなかった」

兵伍の言葉に安堵したのか、男は頭を下げて帰ろうとした。

「待て」

伝八郎が呼び止める声に応じた男が、不安そうな顔をした。

「で、どうなのだ。金を払って抱いたのか」

問われた男は、ちらと兵伍を見て、こくりとうなずいた。

「おのれ、許さぬ」

怒りの声をあげた伝八郎が刀を抜いた。

「ひっ」

目を見張った男が慌《あわ》てて下がり、足がもつれて尻から倒れ、命乞《いのちご》いをした。そして
兵伍は男を斬ろうとする伝八郎の腕をつかみ、刀を奪って下がらせた。

男に厳しい顔を向ける。

「今日だけは許す。だが次は止めぬぞ」

「はい。に、二度と行きません」

「早く行け」

男は這《は》って離れ、走って逃げた。

兵伍は伝八郎に刀を返し、肩をたたく。

「気持ちはわかるが落ち着け」

「すまぬ。あの男が抱いたのが妹ではないかと思うと、ついかっとなった」

「ひかり殿のはずはない」

兵伍は決めつけて言い、一蔵には、穂積と夢路を呼んでくるよう告げた。

一蔵が問う。

「皆で踏み込むのですね」

「そうだ。先ほど潜《ひそ》んでいた場所で待っている」

「わかりました」

一蔵は二人を呼びに走った。

二

兵伍は伝八郎を連れて戻り、建物を見張った。

客の出入りはそう多くなく、訪れるのは皆、裕福そうな商家の者ばかりだ。

伝八郎が苛立って口を開く。

「ここに来る者たちは、武家の娘と聞いてなんとも思わぬのか。巷《ちまた》にある噂を耳にしているはずだ。攫われた娘だと知りながら、金を出して買いに来るとはどういうことだ」

「商家の男は、どうやったって武家の娘に触れることなどない。その身分違いへの憧《あこが》れが、歪《ゆが》んだ欲に繋がって、悪の誘いに乗っているのかもしれぬ」

「腐った欲だ。やはり先ほどの奴は、斬っておくべきだった」

「気持ちはわかるが、元凶《げんきょう》を断《た》つ前に騒ぎを起こしてはならぬと思ったのだ。こらえてくれ」

伝八郎は兵伍の気持ちを知って、押し黙った。

一蔵が穂積と夢路を連れてきたのは、それから半刻《はんとき》（約一時間）後だった。

「お待たせしてすみません」

穂積があやまり、又兵衛の下知《げち》を伝えた。

「殿が、捕らえた者は御先手組に連れていくようおっしゃいました」

兵伍は納得できなかった。

「なぜだ。前に捕らえたやくざどもは、殿がお調べになったではないか」

「それについて、御先手組から横槍《よこやり》が入ったのです。武家の娘が攫われている件だけに、勝手をされては困ると言われたそうです」

兵伍はいぶかしむ。

「今から我らがすることは、勝手ではないのか」

「先に動いた者勝ちだとも、おっしゃいました。殿は、ひかり殿がいた時のことを案じておられます」

ひかりの名誉のため、他人に見られぬようにとの、又兵衛なりの配慮だった。

その思いは伝八郎にも伝わり、神妙な顔で告げる。

「山城守様には、戻って礼を言おう」

兵伍はうなずき、皆に告げる。

「中はどうなっているかわからぬが、一気に攻めるぞ。一人も殺すな。第一は、ひかり殿を捜すことだ」

「承知」

三人の同輩が声を揃え、伝八郎が皆に頭を下げ、よろしく頼みますと言った。

兵伍は真っ先に物陰から出て、建物に走る。

気づいた見張りの者たちに緊張が走り、一人が向かってきた。

「お武家様、なんのご用ですか」

時を稼ごうとするその者に、兵伍は話しかけるふりをして近づき、刀の柄頭《つかがしら》で腹の急所を突いた。

呻《うめ》いて倒れる相手を見もせず戸口に走り、中に逃げようとした見張りの背中を峰《みね》打《う》ちして昏倒《こんとう》させた。

戸を開けて入り、船頭が女を見たと教えた建物の裏に走る。すると、二人の用心棒どもが庭に出てきて抜刀《ばっとう》した。

「兵伍殿、ここはおまかせください」

念流《ねんりゅう》の達人である一蔵が、用心棒に向かっていく。そして、斬りかかった用心棒の一撃を弾《はじ》いた一蔵は、肩を峰打ちする。

二人目の用心棒は、一蔵の剣を見て怯《ひる》んだが、気合をかけて斬りかかった。

一蔵は袈裟《けさ》斬《ぎ》りをかわして懐に飛び込み、胴を打つ。

呻いた用心棒が顔をしかめて刀を振り上げたところへ、もう一撃食らわせた。

右胸の脇を打たれた用心棒は、呻いて倒れ、痛みと苦しみに転げ回った。

裏から上がった兵伍は、町人の身なりをした男どもに刀を向けた。

「一人もそこを動くな！」

怒鳴り声は、普段の兵伍からは想像もできぬ迫力だ。

めったに感情を表に出さぬ男が、友のために怒っていた。

客を取っていない女たちは、脅《おど》しに屈しているのか、騒ぎに乗じて逃げようとする者は一人もいない。ただ、兵伍に向けられる眼差しは、ここに囲われていた己の身を恥じているようにも見えるが、悲しみと悔しさに満ちているのも確かだ。

もう大丈夫だと、口を引き結んで顎を引いた兵伍は、男どもを峰で打って痛めつけ、一人に迫る。

「動けば素《そ》っ首《くび》刎《は》ねる。よいな！」

男たちは平伏《へいふく》し、そのままの姿勢で刃物も捨てた。

伝八郎はこの時、部屋という部屋の障子を開けて妹を捜していた。

兵伍が追っていくと、客を取らされ、柔肌《やわはだ》を露わにしていた女が、身体ではなく顔を隠し、うずくまっていた。

伝八郎は客の男を庭に蹴り落とし、女の身体を隠してやりながら問う。

「ひかり、ひかりか」

「違います」

そう言ったきり名乗らぬ女をそっとしておき、伝八郎は次の部屋へ行く。

どの部屋も客がいて、武家の娘らしき女たちは皆、絶望に満ちた顔をしており、目には活力がない。

助けに来たと兵伍が伝えても、喜ぶ者は一人もいなかった。厳しく育てられた武家の娘だけに、生きて帰ったところで、待っているのは生き恥《いはじ》だけだと決めてかかっているに違いなかった。

部屋という部屋を調べた伝八郎が、焦りと悲しみに満ちた顔で戻ってきた。表情でわかったものの、兵伍は訊かずにはいられない。

「いたか」

伝八郎は無言で首を横に振り、穂積と夢路が縄を打って見張っている男たちの前に立ち、一人の胸ぐらをつかんで立たせた。そして、責めるように問う。

「他にも女がいるはずだ。場所を教えろ」

男は引きつった顔を横に振る。

「知りません。ここだけです」

「嘘をつけ！」

殴り倒された男は、悲鳴まじりにほんとうですと答えた。

伝八郎は、別の身なりがいい男に目をつけ、そちらに向かう。

目を見張ったその男は、必死の形相《ぎょうそう》で先に訴えた。

「そいつが言ったことは嘘じゃありません。二十二人がすべてでございます」

伝八郎は刀を刃《やいば》に返し、男に切っ先を向けて問う。

「ひかりという娘がいたはずだ。まさか、先日見つかった娘と同じように、大川に捨てたのか」

男は目を見張った。

「違います。あれは、あたしらの仕業《しわざ》じゃありません」

「では答えろ。この娘たちはどうやってここに連れてきた」

「そ、それは……」

今までよりもさらに恐れた様子となった男は、口を引き結んで顔を背《そむ》けた。

他の者たちも、言うのを恐れているように見える。

急に裏が騒がしくなり、陣笠と羽織袴を着けた男と、その配下たち十数名が入ってきた。

陣笠の男がこの場のありさまを見て、廊下にいた兵伍に告げる。

「おぬしらは、篠田山城守様のご家来か」

「いかにも」

「それがし、先手《さきて》鉄砲頭《てつぽうがしら》神谷正清《かみやまさきよ》の与力《よりき》、権堂市治《ごんどういちはる》と申す。山城守様のご一報により助太刀《すけだち》に馳《は》せ参《さん》じましたが、どうやら、遅かったようですな」

ひかりの件を探る間を与えるための絶妙な頃合いだと思った兵伍は、又兵衛がそのように計らったに違いないと、舌を巻いた。

「いえ、捕らえた人数が多いので助かります」

安堵した権堂は、配下に命じて悪党どもを引っ立てさせ、改めて兵伍に向き直って小声で問う。

「武家の娘たちですか」

「おそらく」

「承知しました。こちらで引き取り、話を聞いたのちに必ず家にお帰しします」

角張った輪郭《りんかく》に穏やかな表情を浮かべる権堂の顔を今になって思い出した兵伍

は、神谷の配下と確信し、安心して託した。

店の者たちが引っ立てられ、女たちが手厚い扱いを受けて連れていかれるのを見届けた兵伍は、伝八郎の顔を見て口を開く。

「不服か」

伝八郎は悔しそうな顔でうなずいた。

「奴らに妹の居場所を厳しく問えぬのは、残念でならぬ」

「御先手組の調べは厳しいことで知られているのだ。連れていかれる者どもの怯えようを見ても、すぐにしゃべるさ。西ノ丸様が甲府藩の者を出してくださっても、これまで見つからなかったのだ。ひかり殿を捜すには、御先手組も加わってくれたほうがいい」

「それはわかっているが……」

あきらめるしかないと思ったのか、伝八郎は口を閉ざした。

兵伍は伝八郎を励まし、知らせを待とうと告げてその場を離れた。

何か手がかりを得られるはずだと信じて待っていたが、翌日、伝八郎の屋敷を訪れた権堂からもたらされた知らせは、期待を大きくはずれるものだった。

捕らえた者たちを拷問《ごうもん》にかけて調べたが、皆雇われた者たちばかりで、伝八郎の妹の居場所も、他に何人の娘が攫われているのかも聞き出せないという。

伝八郎の屋敷に集まっていた近侍四人衆は、権堂を囲んだ。

何食わぬ顔をしている権堂に、兵伍が告げる。

「御先手組とも思えぬお言葉、承服しかねる」

権堂は兵伍の目を見ながら、困ったような笑みを浮かべる。

「我らもできることはやり申した。しかしながら、捕らえた者が小者ゆえ、知らぬものは知らぬのです。お頭《かしら》の命で探索をはじめておりますから、そちらはそちらで、探索を続けてくだされ。では、ごめん」

伝八郎は何も言わず、悔しそうな顔で座している。

一方的に話し終えて帰る権堂を表まで見送った夢路が、肩を怒らせながら戻ってきた。

「あの者は食わせ者ですよ。手柄はいただくと独りごちておりました」

兵伍がうなずく。

「地獄耳の夢路とは知らず、権堂は本音をこぼしたに違いない」

穂積が応じる。

「御先手組の手柄にするために、我らには何も得られなかったと言っておいて、悪党どもの親玉を捕らえる気ではないでしょうか」

一蔵が穏やかな口調で兵伍に告げる。

「それならそれでよいではないですか。踏み込んだところへ我らも加勢し、ひかり殿を助けましょう」

兵伍がうなずいた。

「では穂積、神谷家を見張って、動きがあればすぐに知らせてくれ。我らはこれから、昨日の建物の周囲を調べなおす」

「承知」

穂積は刀をつかんで立ち、権堂を追って出た。

兵伍は、黙っている伝八郎を見た。

「それでよいか」

伝八郎はうなずき、立ち上がった。

四人は女たちがいた建物へ走り、手分けして周辺の聞き込みをはじめた。その結果、商家のあいだで、武家の娘を買えるという噂が広まっていたことがわかった。

その金額は、吉原の花魁《おいらん》遊びに並ぶほど高額なものだった。

兵伍は、大きな闇があると確信し、皆を集めて、穂積が見張っている神谷家に向かった。

だが穂積は、神谷家はひっそりとしていて、まったく動きがないという。

「まことに、何もつかめていないのではないでしょうか」

穂積の見立てに、伝八郎がいち早く顎を引く。

「調べ方が甘いのだ。やはり、我らがやるべきだ」

「まあ待て。もっと大きな闇があるはずだ。ここは、殿のお耳に入れてお知恵を拝借する。お前たちは、引き続きここを見張ってくれ」

「承知した」

応じた伝八郎の顔を見た兵伍は、他の三人に頼むと目顔で告げ、西ノ丸の又兵衛のもとに走った。

西ノ丸に入った兵伍は、小姓から、左近と茶室にいると教えられ、そちらに急いだ。

茶室の外で声をかける。

「ご無礼いたします。三宅にございます」

すぐに外障子が開けられ、又兵衛が縁側に出てきた。

「神谷殿は何かつかんだのか」

「いえ」

兵伍はこれまでのことを報告した。

すると又兵衛は、不快さを露わに問い返す。

「商家にそのような悪しき噂が広がっておるのか」

「はい。一晩で千両払った者がいるとの噂もあるようです」

「千両じゃと」

驚く又兵衛の背後から、左近が出てきた。

兵伍が頭を下げると、左近は面《おもて》を上げさせて告げる。

「確かにそう聞いたのだな」

「はい」

左近は片方の障子を開け、ご機嫌うかがいに来ていた万庵に問う。

「兵伍が申した噂を耳にしておるか」

茶釜《ちゃがま》の前に座している万庵は、

「初耳にございます」

そう答えたものの、表情に不安をにじませた。

お琴への想いが破れて以来、これまでおなごにとんと興味を示さなかった倅《せがれ》の寛一が、急に吉原通いをはじめたので困っていると万庵から聞かされていた左近は、じっと目を見た。

「何かわかれば、すぐ知らせてくれ」

暗に息子の寛一に問えと告げた左近の意図が伝わったらしく、万庵はいても立ってもいられぬ様子で帰っていった。

左近は兵伍を待たせて一筆したためた。

「今夜御先手組が動かなければ、明日これを持って、神谷の屋敷へゆくがよい。捕らえた者たちを、そなたが思うように調べてみろ」

これには又兵衛が慌てた。

「殿、柳沢殿の耳に入れば面倒ですぞ」

この又兵衛の一言で、これが御先手組にこの件を委《ゆだ》ねざるを得なくなった理由だと理解した兵伍は、左近に顔を向けた。

「よろしいのですか」

左近は真顔でうなずく。

「案ずるな。明日の朝登城するゆえ、余《よ》から話を通しておく」

「はは」

兵伍は頭を下げ、左近の前から下がった。

三

「おとっつぁん、どうしたんです、そんなに慌てて」

駕籠《かご》を降りて店に駆け込んだ父親に、寛一は心配そうに声をかけた。

万庵は何も言わず、客に愛想《あいそ》笑いをして三和土《たたき》を奥に行きながら、寛一を手招きした。

廊下に上がり、急ぎ奥に向かった万庵は、八畳間の上座に正座し、落ち着きなく倅を待った。

追ってきた寛一に、万庵は示す。

「障子を閉めて、ここに座りなさい」

言われたとおりにして正面に座した寛一に、万庵は膝《ひざ》を詰める。

「な、なんです」

近い顔をいやがってのけ反《ぞ》る寛一の目を見つめた万庵は、胸ぐらをつかんで引き寄せた。

「わたしが西ノ丸に上がっていたのは知っているね」

「あはは。出かける時に店中に聞こえる声で自慢していたじゃないですか」

「お前さん、五日前と一昨日《おととい》の夕方から夜にかけて出かけていたな。あれはどこに行っていた」

寛一の目が泳いだ。

「どこって、あれですよ」

「あれとはなんだ」

「ただの、憂《う》さ晴《ば》らしです」

「だから、どこに行っていたかと訊いているんだ」

「どうしたんです」

「答えろ!」

大声に、寛一はぎょっとした。

「おとっつぁん落ち着いて。いったいどうしたんです。西ノ丸で何かあったのですか」

「いいから、どこに行っていた」

寛一はごくりと喉《のど》を鳴らし、ぼそりと答える。

「今なんと言った」

「ですから……」

蚊《か》の鳴くような声を聞き取った万庵は、口をあんぐりと開けた。

「お前さん、わたしには茶碗を買うなと言うくせに、吉原に行っただって。いくら使った、ええ？　いくらだ」

「百……」

両が消えるような声を聞き逃さぬ万庵は、寛一の首を絞《し》めた。

「あれほど女遊びは身代《しんだい》を潰すと口を酸っぱくして育てたのに、二晩で百両も捨てるとは何ごとだ」

「く、苦しい。息子の首を絞める親がいますか」

「黙れ。ほんとうに、吉原だろうな。正直に答えろ」

「い、息ができ……」

やっと手を離され、寛一は喉を押さえて咳《せ》き込んだ。

万庵は問い詰める。

「どうなんだ。今噂が広まっている、例の怪しげなところに行ってないだろうな」

大きな息を吐いて落ち着いた寛一は、眉尻《まゆじり》を下げた。

「噂って、なんです」

「金を積んだら、武家の娘を抱けるというあの噂だ」

「ああ、あれ」

寛一は手をひらひらとやって笑った。

「吉原でも噂になっていましたが、眉唾物《まゆつばもの》らしいですよ。身なりだけで、中身は安女郎だって話です」

「そんなのは、大金を落とす客を取られた吉原のひがみだ。それがほんとうなら、おとっつぁんが西ノ丸から慌てて帰るはずないだろう」

寛一は目を見張った。

「まさか、西ノ丸様がおっしゃったのですか」

「口には出されていないが、あの様子は間違いなく、お前さんも行っているんじゃないかとお疑いだ」

寛一は愕然《がくぜん》とした。

「そんな。ではおとっつぁん、吉原で聞いたのは嘘で、ほんとうに武家の娘を遊女のように扱っているんですか」

万庵は神妙な顔で、大きくうなずいてみせた。

「山城守様のご家来がお調べになっているから、間違いない。吉原の噂じゃなく、他に何か耳にしているなら教えなさい。西ノ丸様にお知らせしてお役に立てば、よりお近づきになれる」

「お役に立てれば、お琴さんのことは帳消しになりますか」

万庵は一瞬顔をほころばせ、すぐに真顔になる。

「その顔は、やっぱり何か知っているな」

寛一は、いらいらした様子で喉を触った。

「さっきからここまで出ているんですけど、名前が出てこないんです」

「なんだいお前さんらしくもない。さっさと思い出せ」

「どうしても出てこないから、今から吉原に行ってみましょうか」

万庵はじっとりとした目を向けた。

「どうせ遊びたいだけだろう」

「違うんですよ。隣の部屋で、なんとかという商家のあるじが、その噂の場所へ行った話を遊女としていたんです。夢心地の中でしたから、思い出せなくて」

「何が夢心地だよ。花魁の肌ばかりちらついているんじゃないのかい」

「いい女だったなあ」

「馬鹿！　早く思い出せ」

万庵が扇子《せんす》で額《ひたい》を打つと、寛一は尻を浮かせて膝を打った。

「思い出した。おとっつぁんが扇子を買った、神田の山屋《やまや》の若旦那です」

「なんだと！　あの放蕩《ほうとう》息子か」

「ええ」

万庵は扇子を広げて見つめ、顔をしかめた。

「よりにもよって、山屋の倅とは……」

「おとっつぁんは、山屋の旦那と付き合いがありますからね。そうだ、思い出した」

「まだ何かあるのかい」

「若旦那は、騙《だま》されたと言っていましたよ。武家の娘を期待していたら、出てきたのは母親のような歳だったから、やっぱり花魁がいいと言っていましたけど、そんな歳の奥方も攫われているんでしょうか」

万庵は、ため息をついた。

「そいつはきっと、噂に乗っかった偽物《にせもの》だな。攫われたのは、武家の娘ばかりのはずだ」

寛一が身を乗り出す。

「わたしが調べてみましょうか」

「どうやって」

「行ってみればわかりますよ」

「場所を知っているのか」

「ええ、聞こえましたから」

「どこだい」

「確か、谷中開口院《やなかかいこういん》の門前だったかと」

「馬鹿」

「なんですよ、人がせっかく力になろうってのに」

「お前さんに言ったんじゃない。山屋の放蕩息子にだ」

「どうしてです？」

「開口院の門前は、知る人ぞ知る岡場所だ。近頃は年増ばかりだから、噂に乗っかったに違いない。騙されたんだよ。なんだい、嬉しそうな顔をして」

「だって、やけに詳しいから」

「な、何を言うか。世話になってなどいないぞ」

「でもおとっつぁんの言うとおりだと、西ノ丸様のお力になれませんよ」

「あそこは違う。あんなところをお教えしたら、お叱《しか》りを受けるだけだ。お前さんも近づくんじゃないぞ。放蕩息子のように、いやな思いをするだけだ」

「わかりました。やけに詳しいおとっつぁんの言うことを聞きます」

半分笑って言う寛一に、万庵はとぼけたように顔を背ける。

「とにかく、お前さんが武家娘を買っていないならそれでいい。今日から、騒動が収まるまで夜遊びはなしだ。いいね、吉原にも行ったらいけないよ」

寛一は不服そうな顔をしたが、唇《くちびる》を尖《とが》らせ、仕方なさそうにうなずいた。

四

その頃、兵伍は御先手組を見張っている穂積たちのところへ到着していた。

「どうだ」

「まったく動きがありません」

答えた一蔵にうなずいた兵伍は、左近から告げられたことを教え、交代で見張ることにして休める場所に引きあげた。

動きがあればすぐ追える場所を探し、神谷の屋敷に近い町の商家の二階を借りた。

そこを拠点に一刻(約二時間)ずつ交代で見張ったが、夜中になっても動きはなかった。

とうとう朝になっても神谷は動かず、痺《しび》れを切らす伝八郎のために、兵伍は皆に告げた。

「これから、捕らえた者たちを我らが吟味《ぎんみ》しに行こう。どこの誰に雇われたのかなんとしても吐かせ、そこから糸口をつかむ」

先に立ち上がった伝八郎に続いて段梯子《だんばしご》を下りた兵伍は、神谷家に行き、門をたたいた。

門番から兵伍と聞いて出てきたのは、与力の権堂だ。

またあんたか、とうんざりしたような顔をする権堂に、兵伍は問う。

「やはり昨日の報告は承服しかねるゆえまいった。捕らえた者たちを調べさせていただきたい」

「我らが調べている最中ゆえ、お断りする」

「ではこれを、神谷様にお渡し願おう」

兵伍が書状を差し出すと、権堂は渋い顔をした。

「いかに山城守様の申し出でも、お頭は許されぬと思うが」

「西ノ丸様からだ」

「何！」

権堂は驚き、兵伍に抗議の目を向けた。

「卑怯《ひきょう》だぞ。西ノ丸様の名を出せば、なんでも通ると思うな」

「通らぬのか」

「通る」

不機嫌に、待っておれ、と吐き捨てた権堂は、潜《くぐ》り戸《ど》を閉めた。

程なく戻り、不機嫌のまま告げる。

「入れ。ただし、連れ出すのはだめだ」

応じた兵伍は、皆と共に牢屋に案内された。

狭い牢屋に押し込まれていた者たちは、厳しい責めに遭《あ》ったらしく、顔がまともな者は一人もいない。

権堂が告げる。

「これだけ痛めつけても何も得られなかったのだ。おぬしらが望む答えが出るとは思わぬが、殺さぬようにな」

確かに権堂が言うとおり、力ずくでは引き出せそうにない。そこで兵伍は、店を仕切っていた中年の男を指差した。

「そこの者、訊きたいことがある」

中年の男は腫《は》れた顔を向け、だるそうに這ってきた。

「もう、勘弁してください。知っていることは、すべて申し上げました」

「聞きたいのは雇い主ではない。武家の娘を抱けるとうたって客を集めたのは、そのほうらか」

「いいえ、手前どもは、来た客の世話をしただけで、客寄せは、雇った側の仕事です」

「そのほうを雇ったのは、どこの誰だ」

「それはもうなんべんも言いました」

「もう一度聞かせてくれ」

「浅草の通りで、いい仕事があると声をかけられてついていっただけです」

「他の者も、浅草で声をかけられたのか」

「中には上野《うえの》や谷中もいますが、ほとんどが浅草です。浅草と言いましても、町はさまざまですが」

「その者の人相と年頃は」

「若い男でした。顔は、女郎屋によくいるような、若衆《わかしゅ》といった具合でしたね」

「答えになっておらぬ。傷とか、目立つほくろはないか」

「つるっとした、卵のような面立《おもだ》ちで、男にしておくのはもったいない色白ですよ。目は切れ長でしたね。目立つといえば、いつも赤い半纏《はんてん》を着ておりやした」

「背中に文字は入っていないのか」

「入っておりやせん。襟《えり》は黒でした」

「確かに、いつも着けていたのだな」

「へい」

兵伍は男を下がらせ、牢屋から出た。

話を聞いていた伝八郎が、すぐに口を開く。

「今から浅草に行き、あの者が申した特徴の若者を捜す」

「伝八郎、待て。おい、待たぬか」

聞かぬ伝八郎は走っていく。

神谷に礼を言わねばならぬ兵伍に、一蔵が告げる。

「わたしたちも捜しに行きます」

「すまぬ。あいさつをすませたら追いつく」

三人を見送った兵伍は、権堂の案内で客間に入り、神谷を待った。

程なく対面した神谷は、泣く子も黙る御先手組の頭らしくない、穏やかな人物だった。

「西ノ丸様には、これまで多くの悪人を捕らえていただき、町の治安を守る我ら御先手組は、頭が上がらぬのだ。しかしこたびは、出張《でば》っておられぬご様子。武家の娘が攫われておるというのに、どうしたことか」

「我があるじ山城守が申しますには、西ノ丸様が、深川でやくざどもを捕らえられたことが上様のお耳に入り、不浄《ふじよう》の者を相手にしたと、不機嫌になられたとか」

「今さらか」

「それは口実で、大火と暴風雨のせいで荒れ気味の市中へ西ノ丸様がくだられるのを止めるために違いないと、我があるじは申しております」

「西ノ丸様は珍しく、上様のお気持ちに沿われたか」

「神谷様のお力添えがございますゆえ、西ノ丸様も安心されておられるのでしょう」

「こいつめ、歯の浮くようなことを申すな」

神谷は口ではそう言いつつ、目を細めた。

「して、牢屋の者どもはどうであった。何か引き出せたか」

「おかげさまで、声をかけてきた者の人相と身なりがわかりました。これから浅草に行き、捜してみるつもりです」

「赤い半纏の若い男か。そのような者はどこにでもおると思い、わしは捨て置いた。そもそも奴らは平気で嘘を並べるろくでなしゆえ、あてにならぬぞ」

「それでも、捜してみます」

「我らはもう一度、娘を攫われた旗本を回るつもりじゃ。中には、屋敷の再建がようやく終わり、里へ帰していた奉公人が呼び戻された家もあるというので、娘を攫《さろ》うた咎人《とがにん》を見た者がおらぬか、確かめてみる」

それはよいことだと思った兵伍は、何かわかれば互いに知らせる約束をして、屋敷をあとにした。

兵伍が浅草に向かって走りはじめた頃、伝八郎は一人で浅草の町を歩き回り、牢屋の男が告げた身なりの若者を捜していた。

伝八郎を捜す一蔵たちが、ひとつ違う通りの四辻《よつじ》を走っていく。

伝八郎も一蔵たちも互いに気づかず行き違いになり、離れた。

商家の先にある武家屋敷まで来た伝八郎は、人気《ひとけ》がない道には行かず、別の町を捜すべく引き返した。

歩く者がいない町家のあいだを抜け、先の四辻をまっすぐ行こうとしたその時、辻の右側から、いきなり斬りかかられた。

咄嗟《とっさ》に白刃《はくじん》をかわした伝八郎だったが、曲者《くせもの》が追って一閃《いっせん》した切っ先が、右袖をかすめた。

袖が割れたのを見た伝八郎は、抜刀し、曲者が打ち下ろす三の太刀《たち》を受け止めた。

「おのれ、何者」

編笠《あみがさ》で顔が見えぬ曲者は、答えるはずもなく鍔迫《つばぜ》り合《あ》いをぐいっと押し離し、無言の気合をかけて袈裟斬りに打ち下ろす。

伝八郎は引いてかわし、正眼《せいがん》に構える。

曲者の太刀筋は鋭く、かなりの遣《つか》い手《て》。

だが伝八郎は、妹に繋がる者と判断し、生かして捕らえるべく刀を峰に返した。

左足を引き、右手のみで刀の切っ先を向けた曲者は、伝八郎の右手側の辻から二人組の職人が出てきたのを見て引き、きびすを返して走り去った。

「待て！」

伝八郎は追ったが、曲者は振り向きざまに小柄《こづか》を投げてきた。

横に転がってかわした伝八郎はすぐさま追った。しかし、相手が曲がった辻を右に駆け込んだ時、人とぶつかりそうになり、走れず先を見た。人が多く行き交う通りに曲者を捜したが、編笠はどこにもなく、それらしい後ろ姿も見えなかった。

「ええい」

舌打ちをした伝八郎は、それでもあきらめず追った。大川に突き当たり、あたりを見回してもいるのは町人ばかりで、曲者はどこにもいない。

川のほとりを歩いているうちにあきらめが生じ、どっと疲れが出て、川岸に腰を下ろした。

汗を拭《ぬぐ》い、斬られた袖を見た。手がかりを逃したのは悔しい限りだが、命があったことに安堵の息をつく。

今の曲者はおそらく、探索をしている己をこの世から消しに来たに違いない。だとすると、兵伍たちも命を狙われるのではないか。

不安に駆られ、兵伍たちに知らせるべく行こうとした時、失礼ですが、と声をかけられた。

振り向けば、四十代の男が神妙に頭を下げた。身なりと仕草から、どこぞの商家のあるじと見た伝八郎は、先ほどの斬り合いの時、知らぬうちに商家の何かを壊してしまい、追ってきたのかと思い苛立ちを露わに応じる。

「今急いでおる。用があるなら手短に申せ。戸でも壊したか」

「いえ。あなた様が何かを捜してらっしゃるのをお見かけして、もしやと思い声をかけさせていただきました。間違っていればご無礼をお許しください。橋場町の寮について調べていらっしゃるお方がいると耳にしたのですが、あなた様がそうですか」

神妙な態度ながら、様子をうかがう面持《おもも》ちの男に、伝八郎は歩み寄った。

「いかにもそうだが、おぬしは何者だ」

男は安堵した面持ちとなり、頭を下げた。

「申し遅れました。手前は、浅草で蠟燭屋《ろうそくや》をしております、田原屋吉右衛門《たわらやきちえもん》と申します。実は手前も、娘を攫われたのでございます」

伝八郎は、何か得られると期待した。

「火事の時にか」

「いえ。その少し前です」

「何ゆえそれがしに声をかけた」

「ご覧のとおりの商人でございますから、攫った者がわかっていてもどうにもできず、お武家様におすがりするしかないと思い、探索をしてらっしゃるお方を捜していたのでございます。やっと、お目にかかれました」

涙ぐむ吉右衛門は、声を詰まらせた。

気持ちが痛いほどわかる伝八郎は、吉右衛門にもう一歩近づいて問う。

「その口ぶりだと、おぬし、何か知っているのだな」

高ぶった感情を必死に鎮《しず》めようと大きな息を吐いた吉右衛門は、伝八郎にうなずく。

「手前の娘を攫ったのは、橋場町の川岸の寮にいたような連中ではなく、れっきとしたお旗本です」

「なんだと。間違いないのか」

「手前は大金を使い、手を尽くして調べましたから確かです」

「誰だ」

「憎いのは、先手《さきて》弓頭《ゆみがしら》、緒方《おがた》剣持《けんもつ》の長男維武《これたけ》。奴は、酔って町を歩いている時、娘に目をつけてかどわかし、むごい仕打ちをしたあげくに、口封じに首を絞めて大川へ捨てたのです」

なんとも腹の立つひどい話だが、伝八郎は落胆した。

「おれが捜しているのは、酔っ払いのろくでなしではない。攫うた娘に客を取らせて金儲《かねもう》けをしている輩だ」

「むごい仕打ちというのは、それも含まれているのでございます。娘の身体を調べた医者が、客を取らされていたはずだとお役人に告げたそうです」

目を血走らせて拳《こぶし》を震わせ、恨みに満ちた顔で告げる吉右衛門の様子に、伝八郎は妹の身を案じた。そして、問わずにはいられない。

「緒方の息子がやったと、役人に訴えたのか」

「町名主《まちなぬし》にお知らせしましたが、証《あかし》がないと言われて、扱ってくれません。相手が相手だけに、名主は仕返しを恐れたのです。町奉行所に直訴《じきそ》を考えましたが、町名主にきつく止められ、泣き寝入りするしかなかったのです」

吉右衛門は地面に両膝をつき、懇願《こんがん》した。

「どうか、娘の恨みを晴らしてください。お願いします。どうかこのとおり」

平身低頭《へいしんていとう》する吉右衛門の腕をつかんで立たせた伝八郎は、手に力を込めた。

「よしわかった。緒方の屋敷に案内できるか」

「できます」

「では今から行こう」

吉右衛門は嗚咽《おえつ》した。

「やっと、恨みが晴らせます」

「喜ぶのはまだ早い。まずは探ってからだ」

「はい、はい」

何度も返事をした吉右衛門は、伝八郎を案内して歩きはじめた。

一刻（約二時間）ほど歩き続けて辿《たど》り着いた緒方剱持の屋敷は、城の西を守る番町《ばんちょう》にあった。

武家屋敷しかない番町一帯は、身を隠して見張る商家の一室を借りることもできず、どうするか考えた伝八郎は、屋敷の門を見張れる辻番に適当な理由をつけて場所を借りようとした。ところが、吉右衛門が止めた。

「辻番はいけません。あそこは旗本の受け持ちですから、緒方の小者が詰めている日があります」

「ではどうする。外で見張れば、怪しまれるぞ」

「調べは手前がつけております。維武の奴は、毎日日が暮れると出かけるのでございますよ」

もうすぐ日が暮れる。伝八郎は辻番をあきらめ、できるだけ人目につきにくい場所に潜んで見張りをはじめた。

一刻もしないうちに日が落ち、ちょうちんの明かりが届かぬ場所にいる伝八郎たちに気づかぬまま、小者を連れた武家が家路を急いで通り過ぎた。

「おぬしは、これまでもここに潜んで見張っていたのか」

問う伝八郎に、吉右衛門は小声ではいと答えた。

娘の仇《かたき》である維武をいつか討つために、行動を知り尽くしているのだ。

父親の執念にくらべれば、己はまだ甘いと思い知らされた伝八郎は、維武を捕らえ、なんとしても聞き出してやると自分に言い聞かせ、息を殺して潜んだ。

しばらくして、緒方家の門前に淡《あわ》い明かりが差した。

「来ました」

吉右衛門が言うまでもなく、伝八郎はちょうちんを見ている。

小者が足下《あしもと》を照らしているのは若侍。物陰に隠れている伝八郎の前を通り過ぎる横顔は、いかにも横柄《おうへい》そうで、見るからに悪人面《づら》だ。

目で追っていた吉右衛門が、声を絞《しぼ》り出した。

「あの男が、娘の仇です」

「気づかれぬよう追うぞ」

ちょうちんの明かりを目印に、距離を空けて跡をつけた。

後ろを見もしない維武は、途中で二人の仲間と合流し、そのまま連れ立って歩みはじめた。半刻《はんとき》（約一時間）ほどかけて向かったのは根岸《ねぎし》だ。

維武は時々笑い声をあげながら歩き、明かりが道を照らしている戸口から入った。

伝八郎は、一度通り過ぎて様子をうかがう。

明かりが灯《とも》されていた戸口は、木の匂いがしそうなほど真新しい。

「料理屋か」

通り過ぎて問うと、吉右衛門が答える。

「表はそう見えますが、中は違います。娘はここで、客を取らされていたのです」

伝八郎は立ち止まり、振り向いた。

言われてみれば、町中から離れた辺鄙《へんぴ》な場所に、ぽつんと料理屋があるのはいかにも怪しい。中に妹がいるとしか思えなくなった伝八郎は、いると信じて、踏み込むことを決意した。

「おぬしは帰れ」

「お武家様、ここまで来たのです。手前に娘の仇を討たせてください」

「足手まといだ」

伝八郎は突き放し、戸口から駆け込んだ。

建物の表にいた店の男を殴り、刀を抜いて刃を向ける。

「今入った者の座敷に案内しろ。声を出すと斬る」

男は恐怖に引きつった顔で首を何度も縦《たて》に振り、中に入った。

店の者が驚きの声をあげたが、男が静かにしろと言い、伝八郎を案内する。

見送った店の者は、外へ逃げた。

「こ、この奥の明かりがある座敷です」

「行け」

襟首《えりくび》を引いて去らせた伝八郎は、刀をにぎりなおして走り、障子を開けた。

裸で仰向けになっている女は、妹のひかりだった。

維武は今まさに、袴を脱ごうとしていた。

「何奴だ！」

維武は慌てて刀を取ろうとしたが、脱ぎかけていた袴が足に絡まって転んだ。

「おのれ！」

怒りの声をあげた伝八郎は、仰向けになって目を見張る維武の額めがけ、刀を打ち下ろした。一瞬の出来事だ。

「きゃああ！」

即死した維武を見て、女が悲鳴をあげた。

伝八郎は、裸のまま逃げようとする妹に飛びつき、抱きしめた。

「ひかり、落ち着け。おれだ、伝八郎だ」

「命ばかりはお助けください」

「何を言っている。お前の兄だ」

顔を見せようと振り向かせた伝八郎は、あっと声をあげた。間近で見れば、妹に似ているが別人だったからだ。

「緒方！　どうした！」

廊下に大声がし、維武の仲間が駆けつけた。もう一人現れ、殺されている維武を見るなり抜刀した。

「おのれ！」

二人は怒りに満ちた声をあげ、斬りかかってきた。

妹ではなかった動揺が収まらぬあいだに斬り合いとなり、伝八郎は背が低い男の一刀をかわしざまに斬った。

胸から鮮血を噴き出して倒れる仲間に目を見張った細身の男が、血走った目を伝八郎に向け、猛然と迫る。

伝八郎は一撃を受け止めたが、相手の力が勝《まさ》り、肩に刃が当たった。

呻きながら耐えていたが、刀を引かれてしまい、深手《ふかで》を負わされた。

それでも倒れぬ伝八郎は、振りかぶって斬りかかろうとした相手の懐に飛び込み、胴を斬った。

しぶとく振り向く相手に、伝八郎は無我夢中でぶつかる。

胸を貫《つらぬ》かれた相手は呻き、伝八郎が離れるとうつ伏せに倒れた。

畳に血が広がってゆくのを見た伝八郎は尻餅《しりもち》をつき、肩の激痛に襲われて顔を歪め、痛みに耐えた。手で押さえても、血はとめどなく流れてくる。

こんなところで死ぬわけにはいかぬと思い、なんとか外に出ようとしていたところへ、吉右衛門が入ってきた。

倒れている維武とその仲間を見た吉右衛門は、目に涙を浮かべ、伝八郎のそばに来た。

「中津様、よくやってくれました。こいつらは、生きていてもなんの価値もない、ごみみたいな三人です」

伝八郎は、痛みに苦しんで声にならない。それでも、歯を食いしばって耐え、吉右衛門に問う。

「おぬし、どうしておれの名を知っている」

すると吉右衛門は、近づいて伝八郎の手をつかみ、傷の具合を見てほくそ笑んだ。

「こいつはもう、いけませんね」

「こ、答えろ。どうして名を知っている」

吉右衛門は離れ、白い歯を見せて鼻で笑った。その背後に、剣客風の男が現れった。編笠は着けていないが、着物と袴と、立ち姿に覚えがある伝八郎は目を見張った。町で襲ってきた曲者だったからだ。

「おのれら、ぐるか」

吉右衛門は笑った。

「おかげで、わたしの話をすぐに信じてくださった。冥途《めいど》の土産《みやげ》に教えてあげましょう。お前さんが血眼《ちまなこ》になって捜している妹は、わたしのもとにいますよ」

伝八郎は息を呑《の》んだ。

「今、なんと申した」

「妹は、武家娘の鑑《かがみ》だ。あれほどの娘はおりませんから、大事にして、たっぷり稼いでもらっています」

伝八郎は目を見張って叫んだ。

「おのれ！　騙したな！」

痛みに呻きながら刀をにぎろうと手を伸ばしたが、手首を踏んだ吉右衛門が告げる。

「騙してなどいませんよ。娘をこの三人になぶり殺しにされたのは、嘘じゃないんです。手前がいくら訴えても、お上はたかが商人の娘だと気にもとめず、悪党ども捕らえない。それどころか、むごい目に遭わされたこのわたしを、武家を貶《おとし》めようとしたなどと難癖をつけ、見せしめに痛めつけたあげくに、店まで取り上げやがった」

薄笑いを浮かべながら、吉右衛門が続ける。

「憎いこ奴らをどう始末しようかずっと考えておりましたが、腕の立つご浪人を雇ってただ殺すだけじゃつまらない。そこで武家の娘を攫って、必死に捜す親兄弟を使って始末することを思いついたんですよ。うまく仇を討ってくれたら上出来、返り討ちに遭ったところで、普段くその役にも立たない武家が何匹か減るだけ。そんなふうに考えてわたしのまいていた餌《えさ》に、まんまとお前さんが食いついたというわけですよ」

憎悪に満ちた顔で傷口を踏まれた伝八郎は、気を失いそうな痛みに叫び、吉右衛門の足をつかんだ。

「汚い手を離しやがれ」

傷口を踏みにじられた伝八郎は苦しみの声をあげた。

ようやく足を離した吉右衛門が、唾を吐いて罵《ののし》る。

「武家というやつは、まったく始末が悪い性根が腐った連中の集まりだ。その武家の娘であるお前さんの妹には、この世の理不尽《りふじん》さってやつを、身をもって教えてやっているのさ」

「おのれぇ！」

恨みに声を絞り出す伝八郎に背を向けた吉右衛門は、落ちている刀を取り、伝八郎の首に刃を当てた。

「もうじき妹も送ってやるから、先にあの世で待っていな」

吉右衛門は、伝八郎から流れ続ける血を見て、とどめを刺さずに下がった。

「苦しんで死ぬがいい」

武家に対する恨みをぶつけた吉右衛門は、刀を捨てて去った。そのあとを、踏み込む時に痛めつけた店の男が従って行く。さっきは気づかなかったが、人相などから、捜していた若者なのかもしれない。

伝八郎は、まんまと騙された己の迂闊《うかつ》さを呪《のろ》うように、きつく目を閉じた。

「ひかり、すまぬ」

五

新見左近は、伝八郎の行方がわからなくなったと又兵衛から聞き、どうにも胸騒ぎがして西ノ丸をくだっていた。

浅草に行き、通りを捜している兵伍たちを見つけて声をかけた。

「まだ見つからぬか」

左近に気づいた兵伍たち近侍四人衆が駆け寄り、頭を下げる。

又兵衛から聞いたと教えると、兵伍は真顔で応じた。

「どこにも見当たりません」

伝八郎の顔を知らぬ左近は、兵伍と行動を共にして浅草の町を捜した。

すでに夜は更《ふ》け、町に人通りは少ない。

伝八郎に何かあったに違いないと案じる左近は、小五郎と手分けして捜そうと足を止め、背後の闇を見た。

左近の意を察して現れた小五郎に、兵伍が伝八郎の特徴を伝えていた時、通りで大声がした。初めは何を言っているのかわからなかったが、繰り返される声が近づくにつれ、左近の耳にもはっきり届いた。

「中津伝八郎様のお知り合いはおられませんか！」

「ここにおるぞ」

兵伍が大声を返す。すると、ちょうちんを持った男が辻に現れ、捜す素振りを見せた。

「ここだ！」

兵伍の声に応じた男が走ってきて、肩で息をしたまま頭を下げて告げる。

「あっしは駕籠かきです。中津様が大変な目に遭われて、お命が危のうございます。このあたりに友がいるから呼んでくれと頼まれて来やした」

「どこだ！　どこにいる！」

血相を変えた兵伍が叫ぶと、駕籠かきは一歩下がって問う。

「念のため、お名前をお聞かせください」

「三宅兵伍だ」

すると駕籠かきは、納得した顔でうなずく。

「お名前を確かめるよう言われました。ご案内いたしやす」

来た道を戻る駕籠かきに、左近が問う。

「何があった」

「詳しいことは知りやせんが、たまたま通りかかった料理屋みてえな建物の表に、血だらけで倒れておりやした」

慌てた駕籠かきたちは近くの者に医者の家を訊き、駕籠に乗せて医者の家に運んだという。

左近たちは、足の速い駕籠かきについて走った。

しばらく駆け続けたところで、ようやくここだと言われ、中に入って奥の部屋に行く。すると、伝八郎が仰向けになり、わずかに開けた目を天井に向けていた。

医者が診《み》ていたが、その医者が兵伍に向かって、首を横に振った。虫の息だと知った兵伍が、そばに座して手をにぎって声を張り上げる。

「伝八郎、しっかりしろ！」

声がけに呼び戻されたように、伝八郎は大きな目を開け、兵伍に何か言おうとした。

だが、兵伍が耳を近づける前に身体から力が抜けてしまい、天井に向けられた目は、意思を示さなくなった。

首の脈を確かめた医者が、気の毒そうな顔で頭を下げた。

「伝八郎逝《ゆ》くな！　妹を助けるのではないのか！」

叫ぶ兵伍に、伝八郎は物言わぬも、医者が瞼《まぶた》を閉じてやった時、目尻から一粒の無念の涙が流れ落ちた。

そばに座ってずっと付き添っていた駕籠かきの相方が洟《はな》をすすり、兵伍に膝を転じて告げる。

「中津様から、命尽きた時は伝えてくれと、お言葉を預かってございます」

「なんと言い残した」

悔しそうな兵伍に、駕籠かきは神妙に応じる。

「お言葉のままお伝えします。妹は、浅草の蠟燭屋、田原屋吉右衛門に囚《とら》われている。奴に騙され、三人の侍を斬った……」

先手弓頭、緒方剱持の長男維武とその仲間であることや、吉右衛門が武家を恨む理由を駕籠かきの口から聞いた兵伍は、伝八郎の手をつかみ、顔を歪めた。

「馬鹿野郎！　どうして一人で動いたのだ」

感情が抑《おさ》えられず嗚咽した兵伍は、無念だったろう、必ず妹を助けると声をかけ、左近に向いて頭を下げ、立ち上がった。

「どこに行く」

問う左近に、兵伍は声を震わせる。

「田原屋に行きます。駕籠屋、店の場所を知っているなら案内してくれ」

駕籠かきの二人は揃って首を横に振った。

「あっしらは浅草の土地に疎《うと》いもんで、お役に立てやせん」

ここまで案内した者が言うと、医者が割って入った。

「田原屋という蠟燭屋は、確か、田原町《たわらまち》一丁目にあるはずです。ただ、わたしも行ったことはなく、ずいぶんと羽振りがいいという噂を聞いていただけですから、間違っていたらお許しください」

「それでもありがたい」

「待て兵伍」

左近が止めるのも聞かずに、兵伍は座敷から出ていった。

左近は医者たちに礼を言い、一蔵たちにあとをまかせ、小五郎と二人で兵伍を追った。

医者が教えたとおり田原町一丁目に行くと、寝静まっている通りに、兵伍の姿があった。駆け寄ると、兵伍は目に涙を浮かべ、怒りに満ちた声を発しながら、あたりを見回している。

「兵伍」

左近の声に応じて来た兵伍が、悔しさをにじませた面持ちで告げる。

「どこを捜しても、田原屋の看板どころか、蠟燭屋すらございません」

小五郎が口を挟む。

「自身番《じしんばん》の者に訊いてみます」

左近がうなずき、小五郎は足を運んだ。

詰めていた町役人《ちょうやくにん》に問うと、若い二人は困惑の面持ちとなり、一人が穏やかに応えた。

「お前さん知らないのか。田原屋吉右衛門は二年前に一人娘を殺され、下手人《げしゅにん》のことでお上と揉《も》めて罰を受けてな。それがもとで店を取り上げられたぞ。店は今、履物屋《はきものや》になっていただろう」

はいと答えた小五郎は、町役人に腰を低くして言う。

「手前は久しぶりに江戸に来たもので、娘さんがそんなことになっているとは知りませんでした。お世話になったものですから、どうにかお悔《く》やみを言いたいのですが、どこにいらっしゃるか、ご存じでしたら教えていただけませんか」

そうごまかして探りを入れると、町役人は答えた。

「それなら、さっき言った履物屋に行くといい。お前さんみたいに前から知り合いだったらしく、吉右衛門はしょっちゅう遊びに来ているから」

「そうでございましたか。では、明日にでも寄らせていただきます。どうも、お邪魔をいたしました」

「もう遅いから、早く帰りなよ」

「へい」

頭を下げた小五郎は、左近のもとへ戻った。

話を聞いた左近は、履物屋が見える場所に移動した。そして二人に告げる。

「おそらくあの履物屋は、隠《かく》れ蓑《みの》だ。小五郎、中を探ってくれ」

「承知しました」

小五郎は小袖《こそで》の肩をはずし、闇に溶け込む色合いの身なりに変じると、履物屋に忍び込んだ。

左近は兵伍に告げる。

「ここまで来れば、小五郎が何かつかんでくる。今は、友をねんごろに弔《とむら》ってやれ」

落ち着きを取り戻した兵伍は、左近に深々と頭を下げ、伝八郎のところに向かった。

道の片隅から履物屋を見つめた左近は、西ノ丸に戻った。

小五郎が履物屋を見張って三日が過ぎた。

昼は屋根裏に潜み、夜は店の周囲を探る日々を過ごしているうちに、実態が見えてきた。

独り者のあるじに怪しい様子はなく、住み込みの奉公人二人とも仲よく暮らし、女っ気《け》がまったくない。

男三人の会話の中でよく耳にしたのは、吉右衛門の誘いだ。

若い奉公人の男が、吉原よりもいい場所とはどんなところなのか想像を膨《ふく》らませれば、もう一人の奉公人が、娘さんがあんな目に遭ったのに、女郎屋の真似《まね》ごとをして金を荒稼ぎする者の気が知れないと、罵った。

そのたびに、あるじは決まって、

「これは、あんなふうに娘を殺された者にしか気持ちがわからないよ。吉右衛門さんはね、仇討《あだう》ちだと言っていたんだから。何度も言うけど、客前や外でこの話をしたら、許さないよ」

と吉右衛門を気の毒がり、擁護《ようご》するように二人を諭《さと》している。

そんなあるじを訪ねる者が、四日目の夕暮れ時に現れた。

吉右衛門本人か、その手下の者かは小五郎にはわからないが、男があるじを誘い出したのを見届け、あとを追った。

舟で向かった先は、吉原に続く山谷堀《さんやぼり》を過ぎて少し進んだ場所にある、大川沿いの屋敷だ。四方を高い板塀で囲まれ、中を見ることはできない。

だが小五郎にとって、忍び込むのは容易《たやす》い。

軽々と塀を越え、闇に溶け込んで屋根裏に潜み、下の様子を探った。女たちが閉じ込められている部屋を見つけた小五郎は、探ることに徹して手を出さず移動し、吉右衛門らしき男と、履物屋のあるじが膝を突き合わせている座敷の上に辿り着いた。

何かを話している最中だったが、小五郎は内容がわからぬ。そのまま暗闇に潜んでいると、履物屋のあるじがそわそわした様子の声を発した。

「吉右衛門さん、今、なんと言いなさった」

「使い古した女は売り飛ばして、かわりの娘を攫ってきたばかりだから、今夜はお前さんが味見をしてくれと言ったんだ。長年独り身なのは、吉原好きが祟《たた》ったからだと笑っていたお前さんに、女郎じゃなくて、武家娘のよさを知ってもらいたいのさ。三百両で売れる娘を、ただで抱かせてやるよ」

「魂胆《こんたん》はわかっているよ。店を返せと言いたいんだろう。娘の部屋は手をつけないから、もうあきらめておくれ。いつだって来てくれていいんだから、何度も同じことを言わせないでおくれ。店はお上から払い下げられた物だから、吉右衛門さんには返せないんだよ。ここのことも黙っているから、吉右衛門さんには似合わないからやめておくれよ」

吉右衛門は黙っている。

小五郎は履物屋の身を案じたが、笑い声がした。

「わかりました。今日のところは、あきらめます。おい、お送りしろ」

「吉右衛門さん、やめるって約束してくれ」

「京の寺に、娘の供養《くよう》のためのお堂を建立《こんりゅう》するにはまだ足りないのです。わたしたち親子を地獄に落とした武家に仕返しをした金で建てるつもりですから、もう少しのあいだ、稼がせてもらいますよ。このことは、くれぐれも内密にしておいてください。娘の部屋をそのままにしておいてくれるお前さんには、長生きをしてもらわないといけませんから」

穏やかな声音《こわね》の中に、刺すような鋭さを感じたのは小五郎だけではなかったらしく、履物屋のあるじは、言うものか、と声を震わせた。

脅しに屈した履物屋のあるじは、逃げるように座敷から出た。

命を案じた小五郎は、気づかれることなく屋根裏から去ると、履物屋のあるじを追った。

舟は使わず、徒歩のまま家路についた履物屋のあるじを追う手下はおらず、小五郎は無事家に入るのを見届けたあとで、西ノ丸に走った。

六

さらに夜が更けた頃、くつろいでいた吉右衛門のもとに、酔った用心棒が来た。

「吉右衛門、松下《まつした》の娘を抱かずに帰ったなら、おれに遊ばせてくれ」

吉右衛門は微笑《ほほえ》む。

「あれは三百両で売れる上玉ですから、傷をつけずに取っておきます。躾《しつけ》だけは、頼みますよ」

舌打ちをした用心棒が廊下を奥に進み、松下の娘がいる座敷に入った。

攫われてきたばかりの十六歳は、用心棒を恐れて身を縮め、顔を背けた。

用心棒が抜刀し、刃を目の前に向ける。

「逃げようなどと思わぬことだ。一歩でも塀の外へ出れば、そなたの親兄弟を皆殺しにする。脅しではないぞ。この刀は、数多《あまた》の血を吸っておるのだ。ぬくぬくと己の身分にあぐらをかいておる旗本など、剣の腕だけで生きてきたわしの敵ではない。わかったか」

娘は怯えきった様子で、首を縦に振った。

「なかなか聞き分けがよいのう。では、こちらを向いて、足を開け」

娘ははっとした顔を向け、

「お許しください」

と声を震わせた。

用心棒は怒気《どき》を浮かべる。

「言うとおりにせぬなら、可愛い弟の首をここに持ってくるぞ。さあどうする」

刀を肩に載せてしゃがむ用心棒に、娘は激しく首を横に振って拒んだ。

ため息をついた用心棒は、立ち上がって告げる。

「脅しだと思うておるようなので、今から首を取ってきてやろう」

外障子を開けて出ようとした用心棒に、娘は叫んだ。

「お待ちください」

「早くしろ！」

怒鳴り声にびくっとした娘は、目をつむって男に向き、両足を伸ばした。

嬉々《きき》とした表情となった用心棒が、唇を舐《な》めて待つ。

娘が足を広げようとしたその時、用心棒はうっと呻き、白目をむいた。

突然現れた黒装束《くろしようぞく》の影に娘が目を見張っていると、近づいて声をかけられた。

「もう大丈夫」

声をかけたのは、かえでだ。

かえでの助けに安堵した娘が、しがみついて泣いた。

「おのれ、よくも」

すぐに意識を取り戻した用心棒が立ち上がり、刀を振り上げた途端に、かえでの蹴りが飛ぶ。

両足が浮くほど股間に蹴りを食らった用心棒は、この世の地獄を見たような顔をして刀を落とし、口から泡を吹いて気絶した。

騒ぎを聞いて廊下に出た吉右衛門の前に、人影がある。

「誰だ」

声に応じて現れたのは、左近と近侍四人衆だ。

吉右衛門は目を見張って下がり、

声をかけると、奥の部屋から剣客風の男が出てきた。

手下ども各々《おのおの》の部屋から出てきて、十数人が左近たちを囲む。

吉右衛門が手下に告げる。

「女どもをここへ連れてこい」

応じた手下が、女たちを閉じ込めている座敷の障子を開けた刹那《せつな》、胸を蹴られて庭に落ち、気を失った。

中から出た小五郎が、手下三人を忍び刀で打ち倒した。

「やっちまえ！」

吉右衛門が怒鳴ると、手下たちが刀を抜いた。

兵伍、一蔵、穂積に夢路が応じて抜刀し、手下どもを左近に近づけぬ。

手下どもと近侍四人衆が戦うのを尻目に、左近は剣客と対峙《たいじ》した。

「そのほうらに騙され、妹を案じつつこの世を去った者にかわり、余が成敗いたす」

剣客が探る目を向けた。

「余だと。何者だ」

「先生！」

「悪党に名乗る義理はない」

「では、遠慮のうまいる！」

剣客は廊下から跳び、幹竹割《からたけわ》りに斬りかかった。

左近は右に足を運んでかわし、剣客が背中を追って振るった一刀を、安綱を逆さにして受け止める。流れるような動きで刀身をすり流し、正面を向いた左近は、相手の肩めがけて打ち下ろす。

峰打ちで骨を砕《くだ》かれた剣客は、葵一刀流の一撃で倒れ、肩の激痛にのたうち回った。

頼みの剣客があっさり倒されたことに驚愕《きようがく》した吉右衛門は、左近を恐れて逃げようとしたが、目の前を安綱で制され、引きつった顔で下がった。

左近が問う。

「そのほうが罠《わな》に嵌《は》めた中津伝八郎の妹ひかりは、どこにおる」

安綱の刃を首に向けられた吉右衛門は、観念した顔で答えた。

「あ、案内します」

恐れた目で安綱を見ながら離れた吉右衛門は、奥の襖《ふすま》を開け、六畳間を進んだ先の襖を開けた。

明かりが灯されている六畳間に敷かれた布団に、痩《や》せ細った女が仰向けに眠っている。

「ひかり殿！」

声をあげた兵伍が、目の前の手下を打ち倒して駆け上がり、左近に頭を下げて部屋に入ると、ひかりを抱き起こした。

「ひかり殿、わたしだ、兵伍だ」

絶望の日々を送っていたためか、憔悴《しょうすい》しきっており、兵伍の顔を見たひかりは、涙を流して何か言おうとしたが、こと切れてしまった。

「おのれ！」

怒りの叫び声をあげる兵伍に目を見張った吉右衛門が、背後の簞笥《たんす》に飛びついて引き出しから出したのは、道中差《どうちゅうざ》しだ。

抜刀して切っ先を向けられた左近は、向き合って告げる。

「そのほうの娘のことは、同じ武家として恥じ、胸が痛む。だが、逆恨《さかうら》みによる悪事の数々は、決して許さぬ。たった今命を落としたひかりの無念を、思い知るがよい」

左近が場を譲ると、兵伍が刀を取り、吉右衛門に向かった。

悲鳴をあげて斬りかかった吉右衛門の道中差しを弾き飛ばした兵伍は、目に涙を溜《た》めた顔を歪め、気合をかけて打ち下ろす。

斬られた吉右衛門は、雷《かみなり》に打たれたように身体を反らせ、呻き声もなく倒れた。

伝八郎とひかりを救えなかった悲しみで立っていられなくなった兵伍は、その場で片膝をつき、むせび泣いた。

いつもは冷静な男の深い悲しみに、左近は胸を痛め、かける言葉が見つからない。

一蔵たち三人の同輩も、黙って立っている。

兵伍は長い息を吐き、左近に頭を下げた。そして、ひかりのそばに行って、抱き起こした。

「仇を討ったから、伝八郎と成仏《じょうぶつ》してくれ」

そう告げた兵伍は、抱いて立ち上がり、左近にふたたび頭を下げる。

「これより、伝八郎が眠る寺へ連れてまいります」

悲しい背中を見送った左近は、声をかけずにはいられなかった。

「兵伍、無念であろうが、気をしっかり持て」

兵伍は振り向き、うなずいた。

一蔵たちが、左近を見てきた。

行ってやれ、と告げると、三人は追ってゆく。

左近は小五郎とかえでに、他の娘たちは死なせてはならぬと厳命した。

翌日の夜、西ノ丸の居室で甲府藩主としての務めを果たしていた左近のもとに、又兵衛が来た。

左近は書類を間部に渡して下がらせ、又兵衛と向き合った。

「兵伍はどうしている」

又兵衛は寂しそうな顔で応じる。

「伝八郎殿とひかり殿の弔いをすませ、明日の昼から西ノ丸に上がらせます」

「休ませてやれ」

「いえ、こういう時は、働いたほうがよいのです」

又兵衛なりの気遣いに、左近はそれもそうかと納得した。

又兵衛が改まって告げる。

「娘たちは、小五郎殿の手で無事、親元へ帰りました。また捕らえた者どもは、殿のご意向どおり、柳沢殿が密《ひそ》かに罰しまする」

娘たちの名前が世に出ぬようにとの左近の願いを、柳沢は快諾したという。

だが左近は、娘たちを案じた。

「こころに負った傷を思うと、胸が痛む。吉右衛門の娘を殺めた者どもの家は、どうすると申していた」

「緒方剱持他二名の者は、嫡男《ちやくなん》の悪行を止めることができなかった罰として改《かい》易《えき》されます。また、吉右衛門の訴えを退《しりぞ》けた町名主には、江戸払《えどばら》いの沙汰《さた》をくだすそうです」

「せめてもの救いだ」

左近はそうつぶやいて立ち上がり、濡《ぬ》れ縁《えん》に出た。

背後に来た又兵衛が、左近の肩に羽織をかけて告げる。

「今宵《こよい》は冷えます。中にお入りください」

左近は夜空を見上げながら、荒れている江戸に暮らす民を案じずにはいられない。

どこからともなく色づいた紅葉《もみじ》が舞い込み、左近の肩に止まった。

左近は葉をつまんで見つめ、又兵衛に告げる。

「この冬は、世が安寧《あんねい》であるとよいな」

この作品は双葉文庫のために書き下ろされました。

双葉文庫

さ-38-13

新《しん》・浪人若《ろうにんわか》さま 新見左近《にいみさこん》【九】

無念《むねん》の一太刀《ひとたち》

2022年1月16日　第1刷発行

【著者】

佐々木裕一《ささきゆういち》

【発行者】

箕浦克史

【発行所】

株式会社双葉社

〒162-8540 東京都新宿区東五軒町3番28号
［電話］03-5261-4818（営業部）　03-5261-4833（編集部）
www.futabasha.co.jp（双葉社の書籍・コミックが買えます）

【印刷所】

中央精版印刷株式会社

【製本所】

中央精版印刷株式会社

【フォーマット・デザイン】

日下潤一

ISBN978-4-575-67088-2 C0193
Printed in Japan

佐々木裕一　あきんど百譚　ちからこぶ　時代小説〈書き下ろし〉

小間物屋の手代の恋や浪人の悩み、そば屋で働く少女の親子愛など、とある貧乏長屋を舞台に繰り広げられる、悲喜こもごもの四つの物語。

佐々木裕一　新・浪人若さま 新見左近【一】　不穏な影　長編時代小説〈書き下ろし〉

浪人姿に身をやつし市中に繰り出し悪を討つ。その男の正体は、のちの名将軍徳川家宣――。大人気時代小説シリーズ、双葉文庫で新登場！

佐々木裕一　新・浪人若さま 新見左近【二】　亀の仇討ち　長編時代小説〈書き下ろし〉

権八夫婦の暮らす長屋に仇討ちの若い兄妹が転がり込んでくる。仇を捜す兄に助力を申し出た左近だが、相手は左近もよく知る人物だった。

佐々木裕一　新・浪人若さま 新見左近【三】　夫婦剣《めおとけん》　長編時代小説〈書き下ろし〉

米問屋ばかりを狙う辻斬りが頻発する中、小五郎の煮売り屋を訪れるようになった中年の旅の夫婦。二人はある固い決意を胸に秘めていた。

佐々木裕一　新・浪人若さま 新見左近【四】　桜田の悪　長編時代小説〈書き下ろし〉

闇将軍との死闘で岩倉が深手を負った。小五郎たちの必死の探索もむなしく焦りを募らせる左近をよそに闇将軍は新たな計画を進めていた。

佐々木裕一

贋作小判《がんさくこばん》

新・浪人若さま 新見左近【五】長編時代小説〈書き下ろし〉

改鋳された小判にまつわる不穏な噂と偽小判の存在を知った左近。市中の混乱が憂慮されるなか、老侍と下男が襲われている場に出くわす。

佐々木裕一

恨みの剣

新・浪人若さま 新見左近【六】長編時代小説〈書き下ろし〉

同じ姓の武家ばかりを狙う辻斬りが現れた。下手人は説得に応じず問答無用で斬り捨てるという。冷酷な刃の裏に潜む真実に、左近が迫る！

佐々木裕一

宴《うたげ》**の代償**

新・浪人若さま 新見左近【七】長編時代小説〈書き下ろし〉

出世をめぐる幕閣内での激しい対立。政への悪影響を案じる左近だが、己自身をも巻き込む大騒動に発展していく。大人気シリーズ第七弾！

佐々木裕一

鬼のお犬様

新・浪人若さま 新見左近【八】長編時代小説〈書き下ろし〉

お犬見廻り組の頭に幼い息子を殺された御家人が、西ノ丸大手門前で抗議の自刃を遂げた。胸を痛めた左近は、真相を調べようとするのだが。

佐々木裕一

闇の剣

浪人若さま 新見左近 決定版【一】長編時代小説

浪人姿で町へ出て許せぬ悪を成敗す。この男の正体はのちの名将軍徳川家宣。剣戟、恋、人情、そして勧善懲悪。傑作王道シリーズ決定版！